Klarant Verlag

AF239079

Marc Freund wuchs in Osterholz auf, direkt an der Ostseesteilküste gelegen, die schon von Kindesbeinen an eine große Faszination auf ihn ausübte. Und so spielen viele seiner Geschichten am Meer, dem er sich sehr verbunden fühlt.

Regelmäßig zieht es den Krimiautor auch auf die andere Seite der Küste – an die Nordsee. Derzeit vor allem auf die bezaubernde Insel Langeoog, wo seine Ostfrieslandkrimis spielen.

Seit 2010 ist Marc Freund für verschiedene Verlage tätig. Daneben wurde er auch als Hörspielautor bekannt. Weit über 250 Veröffentlichungen für die unterschiedlichsten Reihen und Serien gehen bisher auf sein Konto.

Marc Freund

Langeooger Gier

Die Inselkommissare

Ostfrieslandkrimi

Klarant Verlag

Kapitel 1

Etwas hat ihn geweckt.

Er reißt abrupt die Augen auf, ist für einen Moment unfähig, sich zu rühren. Er liegt stocksteif da, der Länge nach ausgestreckt wie ein Brett. Sein Atem geht gleichmäßig über seine leicht geöffneten Lippen.

Schatten hinter dem dunklen Fenster seines Zimmers. Sie wiegen sich sanft hin und her. Bisweilen kratzen sie wie lange Fingernägel über die Glasscheibe. Fordernd, lockend und unheimlich. Gerret weiß, dass es die ausgeblühten und halb vertrockneten Stockrosen sind, denen der Wind ein Eigenleben einhaucht. Aber diese Gewissheit macht es nicht besser und lindert nicht das Gefühl, das in seinem Magen kribbelt. Ein Zustand, nicht wie nach Brausepulver aus den kleinen Papiertüten, sondern wie etwas, das sich tief in seinem Innern, in seinem Zentrum, gebildet hat und sich nun langsam nach allen Seiten ausbreitet.

Angst!

Sie ist da, plötzlich, ganz konkret und real. So als müsse er nur seine rechte Hand ausstrecken, ein paar Zentimeter nur ins Dunkel des Zimmers hinein, um sie anzufassen. Sie beim Schopf zu packen.

Es ist nicht die Angst vor der Dunkelheit. Nicht die vor den Stockrosen und den kratzenden Lauten, die sie erzeugten.

Es ist die Angst vor dem Geräusch, das ihn geweckt hat.

Ein dumpfer Laut, der schwer in ihm nachhallt. Obwohl es jetzt still im Haus ist, glaubt Gerret, dieses Geräusch noch immer zu hören. Immer wieder.

Ein Gegenstand, der schwer auf dem harten Boden irgendwo im Haus aufschlägt.

Er nimmt einen tiefen Atemzug und schlägt die Bettdecke zur Seite. Ein leiser, raschelnder Laut.

Der Fußboden ist kalt. Seine Hausschuhe befinden sich irgendwo, jedoch nicht in der Nähe seines Betts.

Auf kleinen Füßen tastet er sich voran, die Hände wie ein Schlafwandler ausgestreckt, um nicht im Dunkeln vom Weg abzukommen und gegen die hellblaue Kommode zu stoßen.

Zielsicher finden seine Hände die Türklinke. Sie ist aus Gusseisen und hat einen klobigen Griff. Gerret drückt sie herunter. Ein leises Knacken ist zu hören, als die Tür aufspringt. Der Korridor liegt fast vollkommen im Dunkeln. Nur ein trüber Lichtschimmer fällt durch die Tür, die in die Diele führt.

Er hält darauf zu, mit vorsichtigen Schritten, die kein Geräusch erzeugen.

Gerret spürt ein paar Sandkörner unter seinen nackten Füßen, als er seinen Weg fortsetzt.

Irgendwo in diesem großen Haus knarrt leise eine Tür. Schritte. Aus der Diele dringt ein raschelnder Laut an Gerrets Ohren.

Ein paar Mal nur noch muss er einen Fuß vor den anderen setzen, dann erreicht er die Tür, durch deren Spalt das Dielenlicht einen hellen Keil auf den Boden zeichnet.

»Wenn du durch ein Schlüsselloch blickst, wirst du mit dem leben müssen, was du dahinter zu sehen bekommst.«

Ein Satz, den ihm Opa Gernot vor ein paar Tagen erst erzählt hat, als er auf Besuch hier war. Als alles noch in Ordnung zu sein schien. Obwohl es da schon irgendwo gebrodelt haben musste ...

Vor Gerret befindet sich die leicht geöffnete Tür. Es ist nicht notwendig, durch das Schlüsselloch zu sehen. Doch der Anblick dahinter, die freie Sicht auf das, was sich in diesem Augenblick in der Diele zuträgt, wird ihn sein ganzes Leben nicht mehr loslassen.

Sein Blick ist geradeaus gerichtet und fällt auf die Frau, die unmittelbar hinter der Eingangstür auf dem Boden liegt. Ihr Kopf ist zur Seite gedreht, das Gesicht eingerahmt von blonden Locken. Ihre Augen! Ihre Augen sind geöffnet. Weit geöffnet, aufgerissen. Sie starren Gerret an.

Hinter der Tür ballt der Junge seine linke Hand zur Faust, führt sie zum Mund und beißt hinein. Kein Laut dringt über seine Lippen. Dabei ist ihm danach zumute. Etwas in ihm will aufbegehren, will seine ganze Verzweiflung in die Welt hinausschreien.

Die Frau am Boden ist seine Mutter, und sie ist tot.

Er weiß es vom ersten Augenblick an.

Die Schminke unter ihren Augen ist zerlaufen. Und das ist vielleicht das Schlimmste. Die Gewissheit, dass sie mit ihrem letzten Atemzug geweint hat. Dass ihre Tränen noch von ihren Wangen rannen, als ihr Herz bereits aufgehört hat, zu schlagen. Noch immer kann Gerret die leicht glänzende, feuchte Spur erkennen, die sie auf dem Gesicht seiner Mutter hinterlassen haben.

Er spürt den Schmerz in seiner linken Faust wie durch einen Schleier. Dumpf und drückend, aber im Augenblick nur eine Randerscheinung. Ein Ausdruck, ein Ventil seiner Qual.

Seine Mutter sieht ihn an, als wolle sie ihn um Vergebung bitten. Da ist dieser flehende Ausdruck in ihren Augen. Erst später wird Gerret klar, dass dieses Flehen nicht ihm gegolten hat, sondern jemand anderem.

Jetzt steht er einfach nur da. Er hat verstanden, was jetzt ist. Was morgen sein wird ... wer will ihm darauf eine Antwort geben?

Er versucht, seinen Blick von den Augen seiner Mutter zu lösen. Etwas in ihm will nicht, dass diese Verbindung getrennt wird. Als es ihm schließlich doch gelingt, fühlt er beinahe so etwas wie eine Erleichterung. Er bemerkt zum ersten Mal das Kissen, das keinen halben Meter von der Toten entfernt liegt. Gerret ist zu klein, zu jung, um sich vorstellen zu können, was ein Kissen, das sonst immer auf der Couch im Wohnzimmer liegt, mit der grässlichen Szene in der Diele zu tun haben könnte. Dennoch registriert er, dass es da ist. Er bemerkt sogar die Schmutzflecke darauf.

Am nächsten Tag wird es nicht mehr da sein. Es wird nie wieder auftauchen. Nur in seinen Erinnerungen, die ihn irgendwann, viele Jahre später, wieder heimsuchen werden. Da wird es präsent sein, und zwar mit all seiner schrecklichen

Bedeutung, die zu erfassen ein Dreijähriger nicht in der Lage ist.

Gerret blinzelt. Als er die Augen wieder öffnet und sein Blick von Tränen befreit ist, nimmt er das erste Mal die Gestalt wahr, die sich im Halbdunkel über seine Mutter beugt. Sie trägt einen Mantel und schmutzige Schuhe. Die Hosenbeine sind vom Saum aufwärts fast bis zu den Knien dunkler als der Rest. Fast ist Gerret, als könne er die salzige Nässe riechen.

Er will wissen, was der Mann mit seiner Mutter tut. Vor allem will er wissen, wer es ist.

Gerret streckt die Hand nach der Tür aus, um sie weiter aufzuziehen. Doch dann überkommt ihn die Angst, und er verharrt mitten in der Bewegung. Plötzlich ist ihm, als bekäme er keine Luft mehr. Als er langsam seine Faust zwischen seinen Zähnen löst, die feuerrote Abdrücke in seiner Haut hinterlassen haben, passiert es: Ein leiser, schluchzender Laut bricht sich aus seinem Innern Bahn und dringt über seine Lippen.

Durch die Gestalt in der Diele fährt eine zuckende Bewegung. Der Kopf des Mannes ruckt herum. Das Gesicht zeigt in Gerrets Richtung. Aber es ist vollkommen blass und leer!

Gerret Kolbe schreckte aus dem Schlaf auf. Sein Herz raste in seiner Brust, sein Mund war weit geöffnet. Ob er geschrien hatte?

Für die Dauer einiger Sekunden blieb er schwer atmend liegen, in Schweiß gebadet. Als er sich danach aufrappelte, spürte er, dass sein Pyjama wie eine zweite Haut an ihm klebte. Er blickte auf die Leuchtziffern seines Weckers.

Kurz nach Mitternacht.

Er hatte gerade mal eine Dreiviertelstunde geschlafen.

Seine Kehle fühlte sich ausgetrocknet an. Kolbe stemmte sich hoch und schwang seine Beine aus dem Bett, ganz so wie in seinem Traum, den er jetzt schon zum dritten Mal durchlebte, immer exakt derselbe Ablauf. Dieser Fußboden war jedoch nicht kalt. Im Gegenteil, die alten Dielen strahlten Wärme aus.

Durch das geöffnete Fenster hörte er die Birken vor dem Haus, wie ihre Blätter im leichten Nachtwind raschelten.

Er musste etwas trinken und sich den Schweiß aus dem Gesicht waschen.

Kolbe stand auf, durchquerte sein Schlafzimmer und schaltete im angrenzenden Wohnzimmer die kleine Lampe auf der Kommode ein. Er rieb sich die Augen und öffnete die Tür, die auf den oberen Flur führte.

Irgendwo im Haus schien noch Licht zu brennen. Am oberen Ende der Treppe blieb Kolbe stehen und verharrte einen Moment in der Bewegung.

Das Schnarchen seines Zimmernachbarn Otto Ladengast, den die Inselbewohner nur den Professor nannten, war bis hierhin zu hören. Kolbe rang sich ein Lächeln ab. Wenigstens einer, der in dieser Nacht Schlaf fand.

Ein kaltes Glas Milch. Das war es, was er jetzt brauchte. Alles in ihm lechzte förmlich danach.

Mit nackten Füßen bewegte er sich die Treppe hinunter. Das Erdgeschoss war das Reich seiner Vermieterin Frau Franzen. Im hinteren Teil des Hauses hatte sie zwei Privaträume, der Rest war mehr oder weniger für Kolbe und den Professor frei zugänglich. Dazu gehörte neben dem Wohnzimmer auch ein gemütlich eingerichteter Raum, der zum Garten hinausführte und über eine angrenzende Terrasse verfügte. In diesem Zimmer nahmen sie ihr Frühstück ein. Wochentags zeitversetzt, nur am Wochenende hin und wieder auch gemeinsam.

Bente Franzen sorgte immer für ein gutes und reichliches Frühstück, das in der Miete, die Kolbe ihr zum Monatsende hin überwies, inbegriffen war. Der neue Inselkommissar war noch dabei, die Spielregeln in diesem Haus zu lernen. Eines hatte er allerdings festgestellt: Egal, wie früh er am Morgen aufstand, Frau Franzen und der Professor saßen bereits bei einer Tasse Tee zusammen. Entweder im Esszimmer oder in der Küche, wo meist noch der Wasserkessel auf dem Herd leise säuselte.

Auch jetzt brannte in der Küche Licht, was allerdings eher ungewöhnlich war. Zumindest, soweit Kolbe das nach knapp zwei Wochen in diesem Haus auf Langeoog beurteilen konnte.

Ein dämmriger Schein drang durch das kleine Fenster, das im oberen Drittel der Küchentür eingesetzt war. Es hatte eine leichte Tönung und war von Bente Franzen von der Küchenseite aus mit einem kleinen selbstgehäkelten Vorhang versehen worden.

Die Tür war nicht ganz geschlossen. Seltsam, dachte Kolbe, wie sich die Dinge manchmal wiederholten.

Er blickte auf das schwache Licht, das von der Küche aus über die hölzerne Schwelle fiel, bevor es sich in den Weiten des unteren Korridors verlor.

Was Kolbe auf der Treppe innehalten ließ, war die männliche Stimme, die er in diesem Augenblick hörte. Der junge Kommissar konnte nicht verstehen, was gesprochen wurde, dazu waren die Laute zu dumpf und undeutlich.

Dass seine Vermieterin nachts Männerbesuch empfing, noch dazu in der Küche, war Kolbe neu. Soweit er von Ladengast erfahren hatte, war sie bereits seit einigen Jahren Witwe. Was mit ihrem Mann geschehen war, darüber hatte sich der Professor ausgeschwiegen. Bente Franzen war Anfang vierzig und hatte ein hübsches Gesicht. Kolbe konnte sich vorstellen, dass sie jederzeit wieder jemanden finden könnte, wenn sie ihre Kittelschürze ablegte, die sie im Haus gerne trug, und vielleicht etwas mit ihren langen Haaren anstellte, das etwas weniger bieder wirkte.

Der Mann in der Küche redete weiter. Etwas in seinem Tonfall ließ Kolbe aufhorchen. Der Mann sprach sehr leise, flüsterte fast. Dennoch wirkten die Laute auf seltsame Weise energisch, wenn nicht gar bedrohlich.

Für einen Moment überlegte Kolbe, ob er seinen Weg fortsetzen sollte, um nach dem Rechten zu sehen.

Es dauerte jedoch keine zwei Sekunden, bis er sich dagegen entschied. Er hätte ein fragwürdiges Bild abgegeben, barfuß, im verschwitzten Pyjama, in der Küche seiner Vermieterin.

Kolbe verabschiedete sich innerlich von dem eiskalten Glas Milch, das er in Gedanken bereits mehrfach hastig hinuntergestürzt hatte.

Er machte auf der Treppe kehrt und setzte seinen Fuß auf die nächste Stufe.

Das knarrende Geräusch drang durch das halbe Haus.

Die Wirkung war allerdings verblüffend. In der Küche stieß jemand gegen den Tisch. Porzellan klirrte leise.

Kolbe glaubte sogar, einen verhaltenen, unterdrückten Fluch zu hören, ausgestoßen von dem nächtlichen Besucher.

Stühle wurden gerückt. Ein paar hastig dahingenuschelte Worte, dann entfernten sich rasche Schritte in Richtung des Hinterausgangs. Kurz darauf fiel eine Tür ins Schloss.

Kolbe entschied, dass ihn das alles nichts anging, und wollte sich eben daranmachen, unauffällig über die Treppe zu verschwinden, als die Küchentür weiter geöffnet wurde.

Bente Franzen stand auf der Schwelle. Sie war in einen Bademantel gehüllt, den sie mit beiden Händen vor ihrer Brust geschlossen hielt.

Sie blickte schräg zu ihrem Mieter nach oben, sah ihn aus hellen, klaren Augen an. Befand sich dennoch ein sonderbarer Ausdruck darin oder lag es an dem diffusen Licht, das ihre Gestalt, an den Türpfosten gelehnt, einhüllte?

»Sie brauchen nicht zu gehen«, sagte sie leise. Dabei löste sich eine Strähne aus ihrem dunklen Haar und fiel ihr bis über die linke Schulter hinab. Sie strich sie beiläufig aus ihrem Gesicht, ohne ihren Blick von Kolbe abzuwenden.

Der Kommissar zögerte eine Sekunde, dann breitete er kurz die Arme aus und schritt die letzten Treppenstufen bis in den Flur hinunter.

Auf nackten Füßen kam er näher. In Bente Franzens Haus gab es keine Sandkörner. Sie saugte mindestens einmal pro Tag.

Sie löste sich vom Türrahmen und verschwand in der Küche.

Der Kommissar folgte ihr.

Sein Blick fiel auf den wuchtigen Küchentisch. Darauf befand sich ein kleiner Aschenbecher aus Porzellan, in dem eine halb aufgerauchte Zigarette vor sich hin glomm.

Bente Franzen machte ein leises, ärgerliches Geräusch, als hätte sie den Becher und den Glimmstängel in diesem Moment erst entdeckt. Mit einer raschen Bewegung nahm sie beides fort und bot Kolbe einen Platz an.

Er nickte und rückte sich wortlos den Stuhl zurecht, auf dem gerade noch ein anderer gesessen hatte.

Bente Franzen öffnete den Küchenschrank und nahm eine Karaffe mit goldgelbem Inhalt heraus.

»Wollen Sie auch einen?« Ohne eine Antwort abzuwarten, nahm sie zwei Schnapsgläser aus dem Regal, stellte sie auf den Tisch und befüllte sie.

»Also ich brauch jetzt einen«, fuhr sie fort, setzte sich und schob Kolbe ein Glas zu.

»Danke«, erwiderte Kolbe, nachdem er sich gesetzt hatte. Er deutete mit einem Kopfnicken zur zweiten Tür, die in einen Flur und schließlich zum Hinterausgang führte. »Ich hoffe, ich habe Ihren Besuch nicht verschreckt.«

»Bestimmt nicht.« Sie lächelte matt.

Bente Franzen sah müde aus, fand Kolbe. Natürlich, um diese Uhrzeit war das nicht weiter verwunderlich. Die Müdigkeit schien jedoch tiefer in ihren Knochen zu stecken, so als würde sie etwas mit sich herumtragen, was sie belastete.

Kolbe war ein wenig neugierig, was das hier werden sollte und ob sie es zur Sprache bringen würde. Aber das passierte nicht. Erwartete sie, dass er fragte?

Sie hob ihren Blick, hob ihr Glas, und als sie dieses Mal lächelte, erreichte der Glanz ihre Augen, den er zuvor an ihr vermisst hatte.

»Prost!«, sagte sie, und Kolbe erwiderte ihre Geste.

Der süße Likör hatte Zimmertemperatur und war nicht ganz das, was der Kommissar sich vorgestellt hatte, als er hier herunter gekommen war, aber er erzeugte wenigstens ein wohliges Gefühl im Magen.

Als Bente Franzen ihr leeres Glas zurück auf den Tisch setzte, verrutschte ihr Bademantel leicht und gab den Blick auf ein seidenes Nachthemd frei, das sie darunter trug.

Wie passte das mit dem späten Besuch zusammen?, überlegte er. Kolbe kam zu dem Schluss, dass sie nicht darauf vorbereitet gewesen war. Und noch etwas fiel ihm dazu ein: Dies war ihr Haus, dies waren ihre Gepflogenheiten, und alles zusammen ging ihn nicht das Geringste an.

»Ich würde gerne nochmal mit dem Professor über das Foto sprechen, das er mir neulich gezeigt hat«, sagte er, um die peinliche Stille zwischen ihnen zu beenden.

Bente Franzen zog fragend ihre Augenbrauen zusammen, dann hellte sich ihr Gesicht auf. »Ach, das Kinderfoto meinen Sie. Tja, da fragen Sie ihn tatsächlich am besten selbst.«

»Wissen Sie zufällig, wo er es her hat?«

Sie zuckte mit den Schultern und raffte ihren Bademantel wieder zusammen. »Aus seinem Privatarchiv, nehme ich an.« Sie lächelte. »Ladengast hat auf dem Dachboden und im Keller noch eine Menge Kartons und Kisten voller Krimskrams. Fragen Sie mich nicht, was er damit tut oder woher das ganze Zeug ist. Aber mir soll's recht sein. Immerhin zahlt er mir ein bisschen was für die Unterbringung.«

Kolbe dachte an die alte Fotografie, die Ladengast ihm überlassen hatte und die jetzt oben auf seinem Schreibtisch lag. Sie zeigte ihn im Alter von drei Jahren, anlässlich der Eröffnung einer Eisdiele auf Langeoog.

»Ich wüsste zu gern, wer es damals aufgenommen hat«, dachte Kolbe laut, während er das leere Schnapsglas in seinen Händen drehte.

»Wie gesagt«, antwortete seine Vermieterin, »wenn es der Professor nicht weiß, dann weiß es vermutlich auch niemand sonst. Am besten, Sie fragen ihn gleich morgen früh.«

Das nahm sich Gerret Kolbe vor. Doch es sollte alles ganz anders kommen.

Kapitel 2

Der Rest der Nacht lief ereignislos. Keine Träume, keine Stimmen. Dieser Zustand hielt bis um sechs Uhr morgens an.

Kolbe war mit dem ersten Signalton seines Weckers wach. Mit traumwandlerischer Sicherheit langte er aus dem Bett und stellte den kleinen Quälgeist ab.

Kolbe fuhr sich mit den Händen über sein Gesicht und wischte sich den Schlaf und die Eindrücke der letzten Nacht weg.

Er stand auf und begab sich in das Badezimmer, das sich auf der anderen Seite des Flurs im ersten Stock befand.

Irgendwo im Haus, vermutlich unten in der Küche, spielte leise ein Radio.

Kolbe wusch und rasierte sich, kleidete sich an und eilte trotz der nächtlichen Unterbrechung einigermaßen ausgeruht die Treppe hinunter.

Ein Blick ins gemütliche Esszimmer zeigte ihm, dass er heute wieder alleine würde frühstücken müssen. Bente Franzen und der Professor waren wieder einmal schneller gewesen. Ihre Gedecke waren bereits abgeräumt. Nicht ein einziges Krümelchen zeugte davon, dass hier heute Morgen schon jemand gesessen hatte. Und nicht nur das: Es schien, was durchaus ungewöhnlich war, überhaupt niemand im Haus zu sein.

Auf dem Tisch stand ein Stövchen, darauf eine große, bauchige Kanne mit Friesenmuster. Das kleine Teelicht darunter züngelte unruhig und warf hektische Muster auf die saubere Tischdecke.

Hinter Kolbes Frühstücksteller, gegen das Glas mit selbst gemachter Erdbeermarmelade gelehnt, befand sich ein Zettel.

Der Kommissar griff danach und las. Bente Franzen teilte ihm mit, dass sie und der Professor draußen am Strand waren.

»Das sollten Sie sich unbedingt ansehen«, lautete der letzte Satz. Kolbe ließ den Zettel auf die Tischdecke fallen, setzte sich und griff automatisch nach dem Korb, in dem sich frische Brötchen befanden. Kolbe führte die Bewegung nicht zu Ende, da sein Blick wieder auf Bente Franzens geschwungene Handschrift fiel.

Seine rechte Hand verharrte in der Luft, während er die wenigen Zeilen noch einmal las. Dann griff er nach der Kanne, schenkte sich eine Tasse schwarzen Tee ein und trank ihn schwarz und bereits halb im Stehen.

Es war idiotisch, dachte er. Aber er wollte unbedingt wissen, was die beiden anderen so früh bereits an den Strand getrieben hatte. Kolbe leerte seine Tasse und stellte sie auf den Unterteller zurück.

Er schlüpfte in seine Schuhe, die sich im Flur in einem Regal neben der Tür befanden. Kurz darauf befand er sich auf seinem Rad, seine lederne Aktenmappe in den Gepäckträger geklemmt, und schlug den Weg zum Strand ein.

Die Straßen waren noch so gut wie leer. Bis auf wenige Ausnahmen. Die gab es immer. Ein kleiner Elektrokarren, der zu einer der Inselbäckereien gehörte, rollte fast geräuschlos an ihm vorbei. Kolbe fand die Zeit, die Hand kurz zum Gruß zu heben.

Im Osten war die Sonne gerade vorsichtig dabei, über den Horizont zu klettern. Es wehte ein angenehm frischer Wind von der See her. Er verfing sich in Kolbes Haar, kühlte seine Stirn.

Der Kommissar genoss diesen kleinen Augenblick. Der Tag würde spätestens ab Mittag noch heiß genug werden.

Er radelte zu seiner Dienststelle und lehnte sein Rad dort gegen die Mauer des roten Backsteinbaus. Dann klemmte er sich seine Aktenmappe unter den Arm und legte die wenigen Schritte bis zum Strand zu Fuß zurück.

Von Weitem erkannte er bereits ungewöhnlich viel Aktivität am Wasser. Etliche Urlauber und sogar Einheimische bewegten sich auf dem Sand auf und ab. Sogar die Gruppen, die am Sportstrand ansonsten um diese Uhrzeit bereits ihren Übungen nachgingen, schienen sich heute auf eine andere Beschäftigung verständigt zu haben.

Als Kolbe näher kam, erkannte er auch, warum.

Der Strand war übersät von Schuhen!

Ein bizarrer Anblick. Die Anwesenden stocherten im Sand herum, nahmen mal den einen, mal den anderen Schuh in die Hand, warfen sie wieder zurück oder spülten einige Exemplare im Wasser ab.

Kolbe stand für einen Moment nur da und betrachtete das seltsame Treiben. Er schüttelte den Kopf, ließ seinen Blick schweifen. Mitten unter den Suchenden machte er Professor Ladengast aus, der ihn im selben Moment erkannt hatte, denn er winkte von der Wasserlinie aus und kam wenig später auf seinen Zimmernachbarn zugestapft. In seiner rechten Hand hielt er ein Paar auffallend gelber Gummistiefel, die viel zu groß schienen, als dass sie seinen eher zierlichen, fast schon damenhaften Füßen passen könnten. Kaum vorstellbar, dass er diese Dinger hier am Strand gefunden hatte.

»Guten Morgen, Herr Kolbe! Na, ausgeschlafen?«

»Moin, Professor«, erwiderte der Kommissar, ohne den Blick von dem mehr als ungewöhnlichen Bild abzuwenden.

»Was ist hier passiert?«

»Über Nacht muss irgendwo da draußen ein Container über Bord gegangen sein«, erklärte Ladengast. In seinen Blick stahl sich daraufhin ein listiger Ausdruck. Er deutete auf die angespülten Schuhe. »Die sind alle nagelneu. Das Problem ist nur, dass sie auf ihrer abenteuerlichen Reise natürlich alle durcheinandergewürfelt wurden.« Der alte Mann kicherte. »Während Sie hier einen linken Turnschuh in der Hand halten, ist der dazugehörige rechte vielleicht auf Spiekeroog oder Baltrum gelandet. Bin gespannt, wann diese Leute es spitzkriegen.«

»Wem gehört denn der ganze Kram jetzt?«, wollte Kolbe wissen.

Ladengast stemmte seine dünnen Händchen in seine Hüften und vollführte eine halbe Drehung. »Tja, da scheiden sich wie üblich die Geister. In erster Linie handelt es sich um Strandgut. Und das gehört seit jeher den Insulanern. Oder sagen wir, derjenige, der es findet, darf es behalten.«

Ladengast deutete auf die offene See hinaus. In einiger Entfernung zog gerade ein Frachtschiff vorbei.

»Die da draußen interessiert das doch nicht mehr. Die werden wegen eines verlorenen Containers doch nicht extra umkehren. Und vermutlich fällt der Verlust erst in Caracas auf.« Wieder ließ der Professor seiner guten Laune freien Lauf, indem er einen kurzen, prustenden Laut ausstieß.

»Hören Sie, Professor«, fuhr Kolbe fort, »ich wollte Sie die ganze Zeit schon etwas zu dem Foto fragen, das Sie mir gegeben haben.«

»Das Foto, ja«, gab Ladengast zurück. Er blinzelte Kolbe gegen die aufgehende Sonne an und klopfte ihm mit der flachen Hand gegen den Brustkasten. »Später, ja? Ich muss jetzt zu Franzi zurück, um ihr zu helfen.« Ladengast winkte Bente Franzen zu, die mit bis zu den Knien hochgekrempelten Hosenbeinen im Wasser herumstakte. Dabei hob er die andere Hand mit den Gummistiefeln in die Höhe, sodass sie regelrecht in der Morgensonne aufleuchteten. Vermutlich gehörten sie Bente Franzen, überlegte Kolbe.

»Helfen? Wobei?«

Das Grinsen des Professors wurde breiter. »Sie hat eine von diesen todschicken Sandalen gefunden und hat sich nun in den Kopf gesetzt, die zweite auch noch irgendwo aufzutreiben. Natürlich passend in ihrer Größe.«

Damit wandte sich der Professor ab und ging den Weg zurück, den er gekommen war.

Gerret Kolbe blieb noch für ein paar Sekunden auf dem Fleck stehen und sah zu, wie Ladengast langsam mit der Menge verschmolz und zu einem unter vielen wurde.

Der Kommissar drehte sich um und schlenderte langsam über den Westerpad zum Ortskern zurück. Lale Andersens Statue lehnte wie gewohnt an ihrer Laterne und schenkte ihm ein versonnenes Lächeln. Es war, als würde sie sich über die Suchenden am Strand amüsieren.

Kolbe ließ sich Zeit, um zu seiner Dienststelle zu gelangen. Als er das Gebäude erreichte, radelte der junge Enno Dietz die Auffahrt hinauf.

»Moin, Herr Kolbe«, rief er im Vorbeifahren.

17

Der Kommissar hob die Hand und lenkte seine Schritte auf den Eingang zu. Dort wartete er einen Moment ab, bis der junge Polizist sein Fahrrad abgestellt und die beiden Klammern von seinen Hosenbeinen entfernt hatte.

Der junge Polizeimeister wohnte noch zu Hause bei seiner Mutter. Zu seinen Markenzeichen gehörte ein metallener Aktenkoffer, der täglich mit allerhand Leckereien von Gerda Dietz gefüllt war.

»Haben Sie schon gesehen, was unten am Strand los ist?«, fragte Enno, dessen rötliche Flecken im Gesicht so früh am Morgen noch verhältnismäßig blass wirkten. Das würde sich allerdings schlagartig ändern, wenn ihre neue gemeinsame Kollegin Rieke Voss zum Dienst erschien.

»Vor ein paar Jahren ist dasselbe schon mal mit Überraschungseiern passiert«, erklärte Enno grinsend. »Der ganze Strand war voll davon. Eier in allen möglichen Farben. Ein zweites Ostern für die Kids.«

»Passiert so etwas häufiger?«, fragte Kolbe, als die beiden hineingingen. Insgeheim fragte er sich, ob Enno damals selbst zu jenen Kindern gehört hatte, die am Strand nach Eiern gesucht hatten.

»Nein«, kam es zurück. »Aber wenn, dann ist es natürlich jedes Mal ungeheuer aufregend. Und Langeoog kommt dadurch in die Schlagzeilen. Mit etwas Positivem, meine ich.«

Enno Dietz nahm seinen Platz hinter dem Tresen ein, wo er seinen Koffer säuberlich abstellte. Sein erster Griff ging zu der kleinen grünen Gießkanne, mit der er die Büropflanzen in seinem direkten Umfeld großzügig versorgte.

Inzwischen war es Viertel vor acht geworden, ein paar Minuten vor offiziellem Dienstbeginn.

Kolbe betrat das kleine Büro, das er sich mit Rieke Voss teilte. Ihr Platz war noch leer.

Ein kleines gerahmtes Foto neben dem PC-Monitor erregte seine Aufmerksamkeit. Abgebildet war ein Junge von etwa fünfzehn Jahren, der ein wenig gegen die Sonne blinzelte. Unter seinem rechten Arm trug er ein Skateboard.

Sein Name war Noah, soweit Kolbe wusste, und er war Riekes Sohn. Noah wuchs bei seiner Mutter auf. Einen Vater hatte die junge Beamtin noch nie erwähnt.

Neben dem Bild ihres Sohnes klebte das Passbild eines jungen Mannes. Kolbe hatte ihn bereits kennengelernt. Das war an seinem ersten Tag auf der Insel gewesen. Genauer gesagt auf der Fähre von Bensersiel nach Langeoog. Sie hatten wenig miteinander gesprochen. Durch ein dummes Missverständnis waren mehr oder weniger sofort die Fäuste geflogen und Kolbe hatte sich ein blaues Auge eingehandelt, das ihn noch lange beeinträchtigt hatte und noch immer nicht vollständig abgeheilt war.

Im Korridor hinter ihm fiel die Eingangstür ins Schloss. Hektische Schritte näherten sich. Mit dem ersten Blick erkannte Kolbe bereits, dass Gesa Brockmann gestresst war. Sie hatte sich ihr riesiges Handy ans linke Ohr geklemmt, während auf ihrem Gesicht ein angespannter Ausdruck lag.

Kolbes Vorgesetzte stampfte den Korridor hinunter, auf dem Weg in ihr Büro. Im Gehen versuchte sie, den Schlüssel zu ihrer Tür aus ihrem Hosenanzug zu nesteln.

»Nein, Robert, es bleibt dabei!« Kurze Pause. »Was heißt denn hier unflexibel? Deine Mutter hat mich vom ersten Augenblick an gehasst. Sie hat mir an allem die Schuld gegeben, natürlich auch an unserer Trennung. Wenn es nach ihr gegangen wäre, hätte sie mir auch noch den Klimawandel in die Schuhe geschoben!«

Kolbe fühlte sich peinlich berührt. Er ließ sich auf seinen Bürostuhl sinken und schaltete seinen Dienstcomputer ein.

»Sie hätte auf keinen Fall gewollt, dass ich zu ihrer Beerdigung komme. Und der Rest deiner Sippschaft auch nicht. Also lass mich damit in Frieden, ja? Ich habe auch so schon alle Hände voll zu tun.« Gesa Brockmann hatte ihren Schlüssel gefunden, zog ihn hervor und rammte ihn ins Schloss ihrer Bürotür.

»Zum letzten Mal: Nein! Ich leg jetzt auf!«

Über den Rand seines Bildschirms und durch die offene Bürotür sah Kolbe, wie seine Vorgesetzte energisch über das Display ihres Smartphones wischte und das Gerät schließlich mit verkniffenem Gesichtsausdruck in einer ihrer Hosentaschen verschwinden ließ.

»Gut, dass Sie schon da sind, Kolbe«, sagte Gesa Brockmann, ohne den Blick von ihrer Tür abzuwenden. »Kommen Sie doch bitte in mein Büro. Wir müssen reden.«

Der Kommissar wollte etwas erwidern, doch seine Chefin war in diesem Moment in dem Raum am Ende des Gangs verschwunden. Kurz darauf flammte das Deckenlicht auf.

Kolbe loggte sich in seinen Rechner ein, wartete kurz auf den Startbildschirm, nur um ihn gleich wieder zu sperren.

Er erhob sich und betrat das Büro seiner Vorgesetzten.

Gesa Brockmann stand hinter ihrem Schreibtisch, die Hände auf der hellen Platte aufgestützt, den Blick auf einige Unterlagen gerichtet, die sie offenbar kurz zuvor dort ausgebreitet hatte.

»Ehe ich's vergesse: Guten Morgen.«

Kolbe erwiderte den Gruß, trat über die Schwelle und blieb vor dem Schreibtisch stehen.

»Gibt es Ärger?«, fragte er.

Für einen Augenblick rührte sie sich nicht. Scheinbar widerwillig löste sie sich dann von ihren Unterlagen, richtete sich auf und sah Kolbe zum ersten Mal an diesem Morgen an.

»Ärger gibt es dauernd irgendwo«, antwortete sie. »Falls Sie das Telefonat von gerade eben meinen: Mein Ex … mein zweiter Ex … will, dass ich mit zur Beisetzung seiner Mutter fahre. Hedwig Augusta Brockmann ist letzte Woche verschieden.«

»Oh«, machte Kolbe.

»So habe ich auch reagiert«, fuhr sie fort. Sie stieß ein hartes, humorloses Lachen aus und griff sich mit einer Hand an die Stirn. »Dieser treudoofe Trottel glaubt doch allen Ernstes, dass ich mich mit ihm in ein Auto setze, um damit bis nach Bad Kissingen zu fahren.«

»Was …«

»Diese Frau hat zeit ihres Lebens kein gutes Haar an mir gelassen«, fügte Gesa Brockmann unbeirrt hinzu. »Und Robert kann einfach nicht begreifen, dass es vorbei ist. Ich kann machen und sagen, was ich will. Er kapiert es einfach nicht.« Sie stöhnte leise. Als sie ihre Hand langsam herunternahm, erkannte Kolbe dunkle Schatten unter ihren Augen.

»Sie wollten mich sprechen«, erinnerte er vorsichtig.

»Ich brauch erstmal ein Aspirin«, antwortete sie und kramte bereits in einer Schublade ihres Schreibtischs herum. »Diese verdammten Kopfschmerzen bringen mich eines Tages noch um.«

Kolbe sagte nichts. Er trat von einem Bein auf das andere und wartete ab, bis die Tablette anfing, in dem bereitstehenden Wasserglas zu sprudeln.

»Ja, es gibt Ärger«, verriet Gesa Brockmann schließlich, nachdem sie einen großen Schluck aus dem Glas genommen hatte. »Und zwar Ärger mit Strandgut. Hatten wir schon länger nicht mehr.«

Kolbe schmunzelte. »Ich hatte vorhin am Strand eigentlich den Eindruck, dass die angespülten Schuhe eher zur Belustigung der Urlauber beitragen.«

Gesa Brockmann leerte das Glas und stellte es auf den Tisch zurück.

»Kolbe«, sagte sie ernst, »ich spreche nicht von den albernen Schuhen, sondern von etwas ganz anderem!«

Kapitel 3

Der rostbraune Frachtcontainer lag zu einem Drittel im Schlick versunken. Die Ausläufer der Wellen spülten feinen weißen Sand gegen seine Flanken und ließen ihn in feinen Rinnsalen wieder ablaufen.

Kommissar Kolbe hatte sich seinen Weg durch die Schaulustigen erkämpfen müssen.

Vom Strandweg des Ostendes aus hatte er bereits die dumpfen Schläge vernommen, die nichts Gutes bedeuteten und noch für gewaltigen Ärger sorgen sollten.

Eisen, das auf Eisen schlug.

Kolbe hatte sich beeilt, um zu dem Ort zu gelangen, an dem der Container angespült worden war. Kurzerhand hatte er entschieden, seine Schuhe und Socken auszuziehen, die Hosenbeine hochzukrempeln und die zwei Meter in das noch angenehm kühle Wasser hinaus zu waten.

Baldo Vreede, der breitschultrige Fischer, kehrte ihm den Rücken zu. Er hatte einen Kuhfuß am Container angesetzt und mühte sich ab, den etwa drei Zentimeter breiten Spalt, den er bereits aufgestemmt hatte, noch zu vergrößern.

Um ihn herum standen Frühsportler, Jogger, zwei oder drei Badetouristen und eine Reihe von Insulanern, von denen Kolbe allerdings bisher nur die wenigsten kannte. Bent Harders, der Gastwirt, gehörte dazu, ebenso wie Tjark Rademacher, der eine der Apotheken auf Langeoog besaß. Seine kalkweißen Beine steckten in kurzen Sporthosen. Offenbar gehörte auch er zu denjenigen, die ihre Joggingrunde am Ostende für dieses Schauspiel unterbrochen hatten. Er hatte seine Hände auf die Hüften gelegt und beobachtete genau wie die anderen, wie Fischer Vreede mit kraftvollen Bewegungen den Container bearbeitete. Als er den Kommissar durch das Wasser schreiten sah, vollführte er eine halbe Drehung und schirmte seine Augen gegen die aufgehende Sonne ab.

»Moin, Herr Kommissar«, sagte Rademacher und legte sich zum Gruß zwei Finger an die Stirn. »Na, haben sich die Neuigkeiten schon bis zu Gesa rumgesprochen?«

»Ja, allerdings«, antwortete Kolbe, watete noch einen Meter näher und blieb schließlich kurz neben dem Apotheker stehen, der ganz offensichtlich zu den Duzfreunden seiner Chefin gehörte. Kolbe beäugte das Treiben Vreedes mit einigem Argwohn. Noch immer hatte der Fischer offenbar keine Notiz vom Kommissar genommen.

»Na, jetzt gucken Sie mal nicht so streng«, fuhr Rademacher im Plauderton fort. »Wir wollen ja nur mal nachsehen, was drin ist.«

»Und genau da fangen leider schon die Probleme an«, erwiderte Kolbe und ließ den Apotheker im fast kniehohen Wasser stehen. Er watete zum Fischer hinüber, der gerade zur allgemeinen Befriedigung der Schaulustigen erneut seine Brechstange ansetzte.

»Herr Vreede«, machte sich Kolbe von hinten bemerkbar. »Herr Vreede, bitte warten Sie mal einen Augenblick.«

Der Fischer machte keine Anstalten. Er stemmte das schwere Eisen nach vorn. Eine Bewegung, die ihm einiges an Kraft abverlangte und die von einem metallischen Quietschen begleitet wurde, das fast schon an ein Stöhnen erinnerte.

Kolbe registrierte, wie sich die verkantete Öffnungsklappe des Containers am oberen Ende ein gutes Stück nach außen bog.

»Herr Vreede!«, sagte Kolbe, dieses Mal energischer und so, dass selbst der letzte Schaulustige am Strand ihn gehört haben musste.

Endlich hielt der Fischer in seiner Bewegung inne. Er trug lediglich ein weißes Unterhemd. Kolbe konnte nicht umhin, das Spiel seiner Muskeln zu registrieren, genauso wie die auf den rechten Oberarm tätowierte barbusige Nixe, die bei jeder Bewegung ihres Besitzers eine Art Bauchtanz aufzuführen schien.

Vreede drehte seinen Kopf langsam in Kolbes Richtung, ohne jedoch die Brechstange, die sich im Spalt des Containers verkantet hatte, loszulassen.

»Moin!«, machte der Fischer. Auf seiner Stirn perlte der Schweiß in großen Tropfen.

Kolbe erwiderte den Gruß und bemühte sich, ein freundliches Gesicht aufzusetzen. »Na, sind Sie heute Morgen gar nicht rausgefahren?«

»Nee.«

Kolbe lächelte. »Herr Vreede, ich muss Sie bitten, damit aufzuhören.« Er deutete auf das Brecheisen und den Container.

»Wieso?«, fragte Vreede.

»Weil es sich bei diesem Container nicht um gewöhnliches Strandgut handelt«, erklärte der Kommissar und klopfte zweimal demonstrativ gegen den eisernen Behälter. »Das hier muss erst durch die Zollbehörde geprüft werden, verstehen Sie?«

Vreedes Augen verengten sich zu Schlitzen. »Was für eine Behörde?«

»Naja, wie ich schon sagte«, erwiderte der Kommissar, »das Zollamt muss sich das Ding hier ansehen. Der Inhalt muss geprüft werden. Da geht es um mögliche Eigentumsansprüche. Außerdem wissen wir noch nicht mal, was …«

»Denken Sie etwa, ich bin blöd?«, fuhr ihm der Breitschultrige dazwischen. »Was auf der Insel angespült wird, gehört den Insulanern und keinem sonst. Das ist uraltes Friesenrecht! Klar?«

Na großartig, dachte Kolbe und versuchte abzuschätzen, wie groß die Gefahr war, dass diese Situation eskalierte. Schon jetzt war eine Veränderung unter den Schaulustigen spürbar. Nicht nur, dass es immer mehr wurden, sie hatten auch ihre Haltung verändert. Sie scharten sich nun um den Container und schienen dabei eine Einheit zu bilden. Viele Insulaner waren darunter, was Kolbe nicht gerade beruhigte. Er selbst war keiner von ihnen und würde es vermutlich auch nie sein, selbst wenn er den Rest seines Lebens hier verbrachte. Und genau das wussten die anderen, die ihn jetzt mit einer Mischung aus Neugier und leichtem Spott ansahen. Sie alle wollten wissen, wie es weiterging. Und sie alle waren natürlich auf der Seite des Fischers.

Vreede drehte sich wieder um und setzte seine Tätigkeit fort. Er spannte seine Muskeln an und bog das Brecheisen von sich weg. Die Klappe des Containers ächzte.

Kolbe wusste, dass er jetzt handeln musste. Alles starrte ihn an, erwartete eine Reaktion von ihm.

»Halt, Herr Vreede!«, gellte die Stimme des Kommissars über den Strand. »Sie werden jetzt sofort Ihr Brecheisen nehmen und sich zu den anderen an den Strand begeben!« Kolbe deutete auf die Menschenmenge hinüber.

Mit einem Mal war alles still. Das undeutliche Gemurmel der Menge, das sie die ganze Zeit über begleitet hatte, war von einer Sekunde auf die andere verstummt.

Der breitschultrige Fischer hielt tatsächlich inne. Er fuhr sich mit der flachen Hand über sein stoppeliges Kinn. Dann zog er sein Werkzeug aus dem Frachtbehälter und hielt es mit beiden Händen fest. Er vollführte eine halbe Drehung und baute sich vor dem neuen Inselkommissar auf.

Kolbe stand im Schatten des Fischers, der ihn beinahe um einen Kopf überragte. Er registrierte, wie fest gepackt der Mann seine Brechstange hielt. Die Fingerknöchel des Fischers traten weiß hervor, so als wolle er das Eisen in seinen Händen zerquetschen.

Als Vreede sprach, tat er das in leisem Ton. Gefährlich leise, wie Kolbe fand.

»Wir sind Friesen. Wir brauchen keine gottverfluchte Behörde.«

Kolbe hob beschwichtigend die Arme. Eine Geste, die er bewusst einsetzte, damit sie auch vom Strand aus gesehen wurde. Er wollte etwas erwidern, doch der Fischer ließ es nicht dazu kommen. Er wirbelte plötzlich herum, sodass das Wasser aufspritzte. Sein Gesicht war der Menge zugewandt.

»Wir brauchen keine Zollbehörde!«, brüllte der Mann plötzlich. Seine Stimme glich einem Orkan, der vom Wasser kommend an den Strand brandete. Vreede packte sein Brecheisen und reckte seinen rechten Arm in die Höhe. »Wir sind FRIESEN!«

Für einen Augenblick herrschte weiterhin ehrfürchtige Stille. Dann begann jemand am Strand, Kolbe konnte nicht erkennen, ob es sich um einen Einheimischen oder um einen Touristen handelte, zu klatschen. Kurz darauf stimmten weitere Anwesende ein, bis nahezu jeder applaudierte. Das Ganze wurde von johlenden Rufen begleitet, bis hin zu beifallsbezeugenden Pfiffen.

Kolbe spürte eine Bewegung in seinem Rücken.

Apotheker Rademacher war an ihn herangetreten.

»Sieht nicht so aus, als würden Sie sich mit dieser Aktion Freunde machen«, raunte er.

Der Kommissar drehte sich zu ihm um. »Ich versuche hier nur, meine Arbeit zu machen.«

Rademacher blinzelte ihn an. »Sie sollten mit den Leuten sprechen. Und mit Vreede natürlich. Zeigen Sie denen, dass Sie einer von ihnen sind.«

Kolbe dachte an sein Funkgerät, das an seinem Gürtel steckte. Wo zum Teufel blieb Rieke Voss? Eigentlich sollte er Verstärkung anfordern, aber hier am Ostende ging es gerade um wertvolle Sekunden. Wenn er sich jetzt seinem Funkgerät zuwandte, würden alle Anwesenden ihm das als Schwäche anlasten.

Also drehte er sich um und watete drei Schritte näher ans Ufer, bis er direkt neben Baldo Vreede stand, der seinen Auftritt noch immer sichtlich genoss.

Kolbe hob beide Arme und erinnerte damit an einen Wanderprediger, der seiner Gemeinde den Segen erteilte.

»Hört mal her, Leute«, rief er. »Ich weiß, das hier ist eine spannende Sache. Und auch wenn ich nicht so aussehe, kenne auch ich das alte Seefahrer- und Friesenrecht! Ja, was hier angeschwemmt wird, gehört euch. So ist es schon viele Hundert Jahre gewesen. Aber das Ding da drüben …«, er deutete zu dem rostbraunen Behälter hinüber, »ist etwas anderes. Es lässt sich nicht vermeiden, dass der Container überprüft werden muss. Habt ihr mal darüber nachgedacht, dass da unter Umständen giftige Chemikalien drin sein könnten? Wollt ihr, dass das Zeug austritt und der ganze

Strandabschnitt gesperrt werden muss? Leider ist nicht alles so spaßig und harmlos wie die Sache, die gerade drüben am Badestrand abläuft. Also: Ich verstehe euch! Und ich verspreche, mich für euch einzusetzen, damit das Zollamt den Inhalt für die Allgemeinheit freigibt. Ist das ein Kompromiss?«

Kolbe hatte noch immer seine Arme erhoben. Er befürchtete schon, in dieser Haltung verhungern zu müssen, ohne dass sich unter den Anwesenden auch nur die geringste Reaktion zeigte. Doch da klatschte plötzlich jemand neben ihm in die Hände. Noch sehr zaghaft und verhalten, aber immerhin.

Tjark Rademacher war näher gekommen und hielt nun auch seine klatschenden Hände in die Höhe.

Vom Ufer her wurde die Geste erwidert. Längst nicht so intensiv wie noch kurz zuvor bei Vreede, aber immerhin ernteten Kolbes Worte eine gewisse Zustimmung.

Der Kommissar drehte sich zu Vreede um, der inzwischen seinen Arm mit dem Brecheisen heruntergenommen hatte.

»Was ist mit Ihnen, Herr Vreede?«, hakte Kolbe nach. »Sind Sie damit einverstanden?«

Der kräftige Fischer musterte sein Gegenüber argwöhnisch. Auch Rademacher streifte ein Blick, der nicht eben von inniger Freundschaft zeugte. Dann jedoch entspannten sich Vreedes Züge einen Deut. »Ich werde Sie beim Wort nehmen, Kommissar. Und all die anderen da drüben auch, die meine Zeugen sind. Wir lassen uns von keiner Behörde was wegnehmen. Die bestimmen nämlich schon viel zu viel über uns.« Ein prüfender Blick zum Container hinüber. »Und was Recht ist, muss Recht bleiben. So war es hier schon immer.«

Der Fischer drehte sich um, ließ die beiden anderen stehen, während er mit kraftvollen Schritten auf das Ufer zuhielt.

Die Situation schien geklärt. Da registrierte Kolbe aus den Augenwinkeln eine Bewegung am Strand. Von rechts kommend, tauchten drei uniformierte Beamte auf.

Rieke Voss eilte voran. Die beiden Männer, die ihr auf dem Fuß folgten, kannte Kolbe nicht. Er nahm jedoch an, dass es sich dabei um zwei Beamte der Zollbehörde handelte.

Das war schneller gegangen, als er angenommen hatte. Vermutlich hatte Gesa Brockmann heute Morgen bereits alle ihr zur Verfügung stehenden Hebel in Bewegung gesetzt. Und das schienen nicht wenige zu sein.

Rademacher stieß ihn sanft von der Seite an. »Sieht ganz so aus, als müssten Sie Ihr Wort schon viel früher verteidigen, als Ihnen lieb ist.«

Kolbe presste seine Lippen zusammen und schluckte eine ärgerliche Bemerkung herunter. Stattdessen sagte er: »Ich denke, Sie sollten jetzt auch wieder zu den anderen zurückgehen, Rademacher.«

Für den Bruchteil einer Sekunde funkelte etwas im Blick des Apothekers auf. Dann allerdings entspannte er sich und lächelte dünn. *Machen Sie nur so weiter*, drückte seine Haltung aus. Der Mann wandte sich ohne ein weiteres Wort ab und watete Fischer Vreede auf seinen weißen Stelzen hinterher.

Kolbe atmete innerlich auf, wenngleich er bereits jetzt spürte, dass das Eintreffen der Beamten weiteren Ärger mit sich brachte. Er hätte es lieber gesehen, wenn sich die Menschenmenge am Strand bereits aufgelöst hätte.

Das war allerdings nicht der Fall. Im Gegenteil. Die Insel war inzwischen erwacht. Die Sache mit den Schuhen hatte nahezu alles, was laufen konnte, an den Strand getrieben. Und natürlich war inzwischen auch der gestrandete Container am Ostende zu einem beliebten Gesprächsthema geworden.

Kolbe ließ seinen Blick über die Menge schweifen. Er erkannte Vreede und den Gastwirt Bent Harders, wie sie sich wild gestikulierend unterhielten und dabei immer wieder aufs Wasser hinaus deuteten. Eben hatte sich Rademacher zu ihnen gesellt.

Die Beamten hatten den Strandabschnitt erreicht. Einer von ihnen schleppte einen großen Einsatzkoffer mit sich herum. Es war auffällig, dass sie einen Sicherheitsabstand zu der Menge einhielten. Für einen Moment schien es, als seien sie alle drei ratlos.

Rieke Voss schien Kolbe im Wasser entdeckt zu haben. Sie gab ihm ein Zeichen.

Der Kommissar setzte sich langsam in Bewegung und stapfte auf die drei zu.

Rieke schien etwas in seinem Blick zu suchen. Sie wirkte irritiert, vielleicht sogar ein wenig beunruhigt. Auch sie musste die Anspannung spüren, die hier noch immer unter der Oberfläche knisterte.

»Guten Morgen, Kolbe«, begann sie vorsichtig und deutete dann auf die beiden Männer in Uniform. »Dies hier sind Inspektor Holger Jacobsen und sein Assistent Sascha Frahm vom Hauptzollamt Oldenburg.«

Hände wurden geschüttelt.

Bei Holger Jacobsen handelte es sich um einen etwa fünfzigjährigen, stämmigen Mann mit eindeutigem Hang zum Übergewicht. Sein Gesicht wirkte wie einer Bulldogge nachempfunden. Das dunkelblonde Haar war schütter, und sein Uniformhemd zeigte bereits jetzt dunkle Flecken unter den Achseln, die sich wahrscheinlich noch vor Mittag bis auf das Doppelte ausgebreitet haben würden.

Der Zollinspektor sah misstrauisch zu der Menge hinüber, die sich noch immer nicht aufgelöst hatte. Alles schien auf eine Fortsetzung zu hoffen.

»Wir scheinen die Show knapp verpasst zu haben, was?«, fragte Jacobsen und bemühte sich dabei um einen kameradschaftlichen Ton. Er gab ein leises Lachen von sich, in das sein Assistent Sascha Frahm verhalten mit einstimmte. Frahm war im Gegensatz zu seinem Vorgesetzten schmächtig und mindestens fünfzehn Jahre jünger. Über seiner rechten Braue verlief eine kleine, halbmondförmige Narbe.

Rieke Voss trat an Kolbes Seite und versetzte ihm unauffällig einen Stoß mit dem Ellenbogen in seine Rippen.

»Wäre klasse, wenn Sie was dazu sagen könnten«, raunte sie ihrem Kollegen zu.

Kolbe schreckte aus seinen Gedanken auf. »Ja, die Lage hatte sich kurz zugespitzt. Ich habe einen der einheimischen Fischer davon abgehalten, den Container zu öffnen.«

Jacobsen wickelte in aller Ruhe ein Pfefferminzbonbon aus und steckte es sich mit seinem breiten Daumen in den Mund.

»Die sollen mal schön die Füße stillhalten. Und alles andere auch.« Er deutete den langen Strand entlang, Richtung Westen. »Sollen sich lieber an den Schuhen erfreuen, wie die ganzen Touris. Da haben sie genug zu tun. Kann es verdammt nochmal nicht leiden, wenn einem ständig jemand bei der Arbeit in die Quere kommt.«

Wem der letzte Teil gegolten hatte, vermochte Kolbe auf die Schnelle nicht zu sagen. »Was haben Sie jetzt vor?«, fragte er.

Jacobsen schob sein Bonbon geräuschvoll mit der Zunge an seinen Zähnen vorbei, bis es von der linken in die rechte Backentasche hinübergewandert war.

»Wir werden den ganzen Bums hier erstmal absperren, damit Ruhe ist. So!« Jacobsen breitete seine fleischigen Pranken aus und steckte damit virtuell einen großflächigen Strandbereich ab. »Dann werden wir einen Bauunternehmer beauftragen, dass der uns einen Bagger schickt. Das Ding da muss so schnell wie möglich aus dem Wasser raus. Und dann sehen wir weiter.«

»Bisher haben wir noch keine Info, dass jemand Besitzansprüche auf den Container angemeldet hätte«, ergänzte Frahm.

»Was glauben Sie, wie schnell das mit dem Bagger gehen kann?«, hakte Rieke nach, die die neugierige Menge genau wie Kolbe immer im Blick behielt.

Jacobsen zuckte mit den Schultern. »Kommt ganz drauf an, wie flexibel die Brüder auf dem Festland sind. Leider finden ja ausgerechnet jetzt im Augenblick keine Sandaufspülungen auf der Insel statt. Dann hätten wir das nötige Gerät wenigstens schon hier gehabt.«

Der Zollinspektor blickte die beiden Inselkommissare an, als hätten sie persönlich dafür gesorgt, die Aufräumarbeiten bereits im Vorfeld zu behindern.

»Na, wie auch immer«, fuhr Jacobsen fort, »wir werden das Ding hier schon schaukeln.« Er gab seinem Assistenten ein Zeichen. »Wir fangen gleich mal mit der Absperrung an.«

Die beiden Zollbeamten setzten sich in Bewegung. Der junge Sascha Frahm nickte den Kommissaren zu und packte seinen Koffer an, den er für einen Moment im weichen Sand abgesetzt hatte.

»Sollten wir nicht besser mitgehen?«, fragte Kolbe, der noch immer ein ungutes Gefühl bei der Sache hatte.

Die frischgebackene Kommissarin strich sich eine Haarsträhne aus der Stirn. »Sagen Sie's mir. Was ist denn hier los gewesen? Von Weitem hat sich das angehört wie eine öffentliche Kundgebung oder irgendein Live-Spektakel.«

»Baldo Vreede hat versucht, die Menge aufzuwiegeln«, erklärte Kolbe und berichtete von den jüngsten Ereignissen.

Während er das tat, verfolgte Rieke Voss die beiden Zollbeamten mit kritischem Blick. Sie hatten jetzt die Stelle erreicht, an der der Container im Sand feststeckte. Jacobsen delegierte seinen Kollegen vom Strand aus hin und her, während er eine Rolle Absperrband auspackte.

Die beiden Kommissare drehten sich zu dem Geschehen um. Eben hatte sich Apotheker Rademacher aus der Menge gelöst, gefolgt von Harders, dem gedrungen wirkenden Gastwirt. Sie stapften auf Jacobsen zu, der die beiden scheinbar nicht wahrnahm. Auch Vreede trat nun einen Schritt vor. Für einen Moment schien er unschlüssig, dann jedoch setzte er seinen Weg fort.

Was Kolbe beunruhigte, war die Tatsache, dass der Fischer noch immer die verdammte Brechstange in seiner Hand hielt.

»Das gefällt mir nicht«, entfuhr es Kolbe. Er hatte in die Gesichter der drei Männer geblickt und darin etwas gesehen, das ihm Bauchschmerzen bereitete.

Ohne ein weiteres Wort lösten sich Kolbe und Voss von der Stelle, der Kommissar noch immer barfuß und mit aufgekrempelten Hosenbeinen.

Sascha Frahm machte sich inzwischen daran, eiserne Stäbe mit einem Hammer aus seinem Koffer in den sandigen Boden rund um den Container zu treiben.

»Treten Sie bitte zurück!«, rief Jacobsen in dem Augenblick, in dem die drei Einheimischen sich ihm weiter genähert hatten.

Rademacher antwortete etwas, das weder Kolbe noch Voss verstanden. Die beiden Kommissare hatten es plötzlich eilig, zu der Stelle zu gelangen.

»… von Ihnen nicht sagen, was wir an unserem Strand zu tun oder zu lassen haben«, antwortete Haders gerade. Der Mann hatte sich vor Jacobsen aufgebaut, erreichte aufgrund der bulligen Statur des Zollinspektors aber nicht die Wirkung, die er sich erhofft hatte. Daher trat Baldo Vreede dazu und schob den anderen kurzerhand beiseite.

Erst jetzt hob Jacobsen den Blick.

Kolbe glaubte, einen kurzen Ausdruck der Überraschung darin zu erkennen.

»Haders hat recht«, sagte der Fischer knapp. Seine Stimme klang wie ein wütendes Knurren. »Der da drüben hat uns gerade vor ein paar Minuten erklärt, dass er sich für uns einsetzen wird.« Vreede drehte sich kurz zu der Menge um. »So war's doch wohl, oder?«

Er erntete mehr Zustimmung aus den Reihen der Schaulustigen, als Kolbe lieb war.

Zudem kassierte der Kommissar einen kritischen Blick seiner Kollegin. Rieke Voss hielt sich jedoch zurück, wofür Kolbe ihr insgeheim dankbar war.

»Das interessiert mich nicht«, antwortete Jacobsen barsch und begann damit, das Absperrband abzuwickeln. Ein kurzer Blick zu Kolbe. »Wenn er Ihnen das gesagt hat, dann ist das allein seine Sache. Und jetzt treten Sie beiseite und lassen uns unsere Arbeit machen! Ich habe meine Zeit nämlich nicht gestohlen.«

Damit ging Jacobsen weiter, auf den ersten Eisenstab zu, der wie ein dürrer Finger aus dem nassen Sand ragte. Er befestigte das rot-weiße Absperrband daran und wollte sich gerade zur nächsten Markierung aufmachen, als Vreede ihm den Weg vertrat. Der Fischer hob die Brechstange an und deutete damit zum Container hinüber.

»Ganz egal, was da drin ist: Der Inhalt gehört den Insulanern.«

Aus der Menge am Strand waren verhaltene Anfeuerungsrufe zu hören, die jedoch kurz darauf wieder eingestellt wurden. Alles wartete nun gespannt auf eine Reaktion der Zollbeamten.

Der junge Frahm hatte den Hammer sinken lassen. Es war ihm anzusehen, dass er sich im Augenblick alles andere als wohl in seiner Haut fühlte.

Bis hierhin hörte Kolbe, wie Jacobsen das Pfefferminzbonbon zwischen seinen Backenzähnen zerkleinerte. Als das erledigt war, sagte der Zollinspektor gefährlich leise: »Aus dem Weg.«

Vreede schüttelte energisch den Kopf.

In dieser Sekunde flog der erste Stein.

Kapitel 4

Das Geschoss flog wie aus dem Nichts heran, verfehlte Jacobsens Kopf nur um Haaresbreite und schlug dann mit einem knallenden Laut gegen die schräge Seitenwand des Frachtcontainers. Der Stein schrappte daran entlang und erzeugte einen Funkenregen, bis er schließlich ins flache Wasser klatschte.

Holger Jacobsen ließ die Rolle mit dem Absperrband in den Sand fallen und stolperte mit einem heiseren Aufschrei zwei Schritte zurück. Noch in derselben Bewegung zog er seine Dienstwaffe. Er packte sie mit beiden Händen, riss seine Arme in die Höhe und gab zwei peitschende Schüsse in die Luft ab.

Sofort brach in der Menge am Strand eine Panik aus. Menschen kreischten und liefen ziellos durcheinander. Bis auf einige Hartgesottene, die offensichtlich fest entschlossen schienen, nicht das kleinste Detail zu verpassen.

Kolbe und Voss preschten gleichzeitig vor und schirmten Jacobsen ab.

Sascha Frahm glitt einer der eisernen Stäbe aus seinen Händen, während er sich rückwärtsgehend seinem Kollegen näherte.

»Bullenschweine!«, rief eine Stimme aus einer der hinteren Reihen.

»Sind Sie noch ganz bei Trost, hier herumzuknallen?«, fuhr Kolbe den Zollinspektor an.

»Was ist das hier für eine Scheiße?«, keuchte Jacobsen und funkelte den Kommissar dabei wütend an. »Was um alles in der Welt haben Sie denen erzählt?«

»Das spielt doch wohl jetzt keine Rolle«, giftete Kolbe zurück. »Und stecken Sie um Himmels willen endlich Ihre Waffe weg!«

»Mein Kollege hat recht«, begann Rieke Voss.

Der gewichtige Zollinspektor ließ sie allerdings nicht ausreden. Sein Kopf ruckte kurz zur Seite. »Sorgen Sie lieber für unsere Sicherheit. Und dafür, dass dieses ganze Pack von hier verschwindet!«

Kolbe erkannte, dass es in Rieke Voss brodelte. Ihr Gesicht war rot angelaufen und ließ die Sommersprossen darin wie kleine glühende Punkte erscheinen.

Die Kommissarin drehte sich zu Jacobsen um und packte seinen rechten Arm, den der Inspektor noch immer halb erhoben hatte.

»Runter mit der verdammten Waffe«, presste Rieke Voss durch ihre geschlossenen Zähne hindurch.

Für die Dauer einiger Sekunden fochten die beiden ungleichen Beamten einen stummen Kampf miteinander aus, bis Jacobsen endlich die Arme sinken ließ und seine Waffe zurück ins Gürtelholster steckte.

Kolbe hörte seine Kollegin geräuschvoll ausatmen.

»Warum nicht gleich so«, stieß sie ärgerlich aus und ließ ihn und Jacobsen stehen. Sie trat ein paar Schritte auf den Strand hinaus und wandte sich an die Schaulustigen.

»Alles klar, die Vorstellung ist vorbei. Bitte bleiben Sie ruhig und gehen Sie weiter. Und vor allem: Lassen Sie die Beamten vom Zoll ihre Arbeit tun. Alles andere werden wir in Ruhe klären.«

Rieke Voss hob die Arme und forderte die verbliebenen Schaulustigen auf, sich zu bewegen. Tatsächlich gehorchten die meisten und setzten sich, wenn auch schleppend langsam und sich immer wieder umblickend, in Bewegung.

Rieke wartete ab, bis sich die Menge aufgelöst hatte.

»Sie lassen die alle einfach ziehen?«, rief Jacobsen von hinten. »Was ist mit dem Kerl, der den Stein geworfen hat? Wollen Sie den etwa davonkommen lassen?«

Die Inselkommissarin wirbelte herum. »Es hat ihn doch keiner von uns erkannt! Oder etwa doch?« Sie kam bis auf ein paar Schritte an Jacobsen heran. Näher, als dem anderen offenbar genehm war.

»Oder etwa doch, Jacobsen?«, fügte sie leiser hinzu. »Haben Sie ihn erkannt? Wenn ja, dann lassen Sie doch mal hören, wer es Ihrer Meinung nach von denen da drüben gewesen ist. Kommen Sie schon, wie wäre es mit einer Täterbeschreibung, hm? Alter, Größe, Haar- und Hautfarbe?«

Jacobsen verzog seine wulstigen Lippen zu einem süffisanten Grinsen. »Wissen Sie, was Sie mich mal können? Ich werde mich über Sie beide bei Ihrer Vorgesetzten beschweren. Oder noch besser bei Ihrer übergeordneten Dienststelle. Hier auf der Insel stecken Sie ja wahrscheinlich eh alle unter einer Decke.«

»Nur zu, Jacobsen«, entgegnete Rieke Voss. »Wenn Sie glauben, dass Sie in der Position sind, irgendwelche Drohungen …«

»Alles klar, das reicht jetzt!«, fuhr Kolbe dazwischen.

Er trat zwischen die beiden Streithähne und sah einen nach dem anderen von ihnen an. In beiden Blicken erntete er Wut und Abneigung auf den jeweils anderen.

Sekunden vergingen, in denen nichts anderes zu hören war als das leise Plätschern der Wellen hinter ihnen.

Jacobsen war der Erste, der sich rührte. Er wischte sich mit seiner rechten Hand den Schweiß von der Stirn.

»Das ist mir alles zu blöd hier«, murmelte er und wandte sich ab. Er wechselte ein paar Worte mit Frahm, bevor die beiden sich wieder daran machten, die Absperrung zu vollenden.

»Was immer das auch bringen soll«, sagte Kolbe leise.

Rieke Voss presste ihre Lippen aufeinander. Noch immer zeigte ihr Gesicht rote Flecken, und ihre Haltung war angespannt. Scheinbar widerwillig löste sie ihren Blick von den beiden Zollbeamten, die sich nun an der Wasserlinie entlang bewegten.

»Haben Sie den Leuten wirklich erzählt, dass Sie sich für sie einsetzen?«

»Was hätte ich Ihrer Meinung nach stattdessen tun sollen?«, fragte Kolbe zurück.

Sie schüttelte den Kopf und stieß ein humorloses Lachen aus. In der nächsten Sekunde wurde die Kommissarin wieder ernst und sah ihrem Kollegen in die Augen. »Die Leute zur Vernunft bringen zum Beispiel?«

»Klasse Idee«, antwortete Kolbe. »Wir haben ja gerade gesehen, wie toll das bei Jacobsen funktioniert hat.«

»Ihr Problem, wenn Sie sich mit dem auf eine Stufe stellen wollen. Ich fürchte allerdings, dass der Typ über diese Sache ein Riesenfass aufmachen wird.«

»Soll er doch«, sagte der Kommissar. »Er selbst wird dabei auch nicht unbedingt besser wegkommen.«

»Er ist tätlich angegriffen worden. Das ist kein Kavaliersdelikt.«

Kolbe breitete die Arme aus. »So what. Die Hauptsache ist doch wohl, dass wir die Lage jetzt unter Kontrolle haben.«

»Haben wir das wirklich?«, fragte sie zurück. Rieke Voss blickte zu einer kleinen Gruppierung von Männern hinüber, die sich zwar zunächst ein gutes Stück über den Strand entfernt hatten, dann aber stehen geblieben waren und permanent in ihre Richtung blickten. Baldo Vreede überragte die anderen deutlich, unter denen sich auch Harders und Rademacher befanden. Ein paar Männer hatten sich zu ihnen gesellt. Selbst aus der Entfernung war gut zu erkennen, wie sie lebhaft miteinander stritten und gestikulierten.

»Und das alles wegen diesem dämlichen, verrosteten Ding«, fluchte Kolbe, während er sich nach seinen Schuhen und den hineingestopften Socken bückte. »Dabei wissen wir noch nicht mal, was da überhaupt drin ist.«

»Nein«, pflichtete ihm Rieke Voss bei. »Das wissen wir nicht. Aber irgendwie wäre mir wohler, wenn das der Fall wäre. Vielleicht hätten Sie Vreede doch einen Blick hineinwerfen lassen sollen.«

»Sicher«, antwortete Kolbe ironisch. »Damit der Container vollläuft und spätestens morgen früh ein dicker Schaumteppich auf dem Wasser schwimmt. Dann haben wir nicht nur den Zoll, sondern auch noch die Feuerwehr hier, nicht zu vergessen spezielle Einsatzschiffe vom Küstenschutz und Männer in weißen Overalls, die am Strand …«

»Ähem, Kolbe?«

»Was?«

Rieke Voss warf ihm einen giftigen Blick zu. »Sie nerven!«

37

»Komisch. Das haben die Frauen im Kindergarten auch immer zu mir gesagt.«

»Vielleicht hätten Sie denen mal zuhören sollen.«

Kolbe erwiderte nichts darauf. Er ließ seine Kollegin in Richtung der Kollegen vom Zoll ziehen, während er sich seine Hosenbeine herunterkrempelte, den Sand von seinen Füßen streifte und nacheinander in Socken und Schuhe schlüpfte.

Als er so weit war, gesellte er sich zu den anderen.

Inzwischen flatterte das Absperrband fröhlich im Wind und erzeugte dabei schnarrende Laute.

Als Kolbe sich genähert hatte, beendete Sascha Frahm gerade ein Telefongespräch und ließ sein Smartphone gleich darauf in der Innentasche seiner Uniformjacke verschwinden.

»Gibt es Neuigkeiten?«, fragte Kolbe.

»Leider keine guten«, antwortete Frahm und verzog dabei das Gesicht. »Ich habe mit der Baufirma telefoniert. Die können zwar einen Bagger und einen kleinen Kran herbringen, aber voraussichtlich nicht vor morgen früh.«

»Na, das darf doch wohl nicht wahr sein!«, platzte es aus Jacobsen heraus. »Hast du denen auch gesagt, worum es geht?«

»Natürlich, Holger«, erwiderte Frahm.

Der Ältere stieß einen ärgerlichen Laut aus. »Dann hast du denen nicht genügend Feuer unterm Hintern gemacht! Menschenskind, jetzt müssen wir den ganzen Tag hier herumlungern, oder was?«

»Vielleicht sollten Sie sich besser gleich um eine Unterkunft für die Nacht kümmern«, schlug Rieke Voss, nicht ganz ohne Häme, vor. »Vorausgesetzt, Sie wollen überhaupt durchgehend hierbleiben.«

Jacobsen hatte sich ein weiteres Pfefferminzbonbon in den Mund gesteckt. Als er die Kommissarin angrinste, tauchte es zwischen seinen kräftigen Zähnen auf. »Glauben Sie etwa, wir würden Reißaus nehmen? Vor denen da drüben?« Er lachte hart auf. »Das wäre ja noch schöner, was, Frahm?«

Der Angesprochene blickte zu der Gruppe Männer hinüber, die langsam westwärts den Strand entlang zog und kurz darauf hinter den Sanddornhecken verschwunden war. »Ich schätze, nach dem, was wir erlebt haben, wird uns wohl gar nichts anderes übrig bleiben, als hier bei dem Container Wache zu schieben.«

»Halten Sie das wirklich für notwendig?«, entfuhr es Kolbe.

Die beiden Zollbeamten sahen ihn gleichzeitig an.

Jacobsen schickte sein Bonbon auf eine turbulente Rundreise quer durch seinen Mund. »Wollen Sie mir etwa sagen, dass Sie Ihre Hand für die Leute hier ins Feuer legen würden? Nach dem, was vorhin passiert ist? Oder steckt am Ende etwas anderes hinter Ihrer Aussage?«

Kolbe stemmte seine Hände in die Hüften. »Und was sollte das Ihrer Meinung nach sein?«

»Weiß nicht«, antwortete der Zollinspektor. »Ich meine … ich hab ja keine Ahnung, wie das hier auf der Insel zwischen Ihnen und den Einheimischen läuft. Sie sind ja die meiste Zeit unter sich. Wahrscheinlich kennen Sie jeden Einzelnen hier mehr als gut genug. Klar geworden, worauf ich hinauswill?«

Das Bonbon flitzte wieder in Jacobsens Mund hin und her.

»Das reicht jetzt wirklich«, platzte es aus Kolbe heraus.

»Ja«, antwortete Jacobsen vorschnell, »das glaube ich allerdings auch. Wenn Sie erlauben, würden wir jetzt gerne unsere Arbeit an diesem Container beenden. Und sollten Sie beide jetzt hergekommen sein, um uns Polizeischutz anzubieten, vergessen Sie es am besten gleich wieder. Frahm und ich … wir haben gelernt, uns selbst zu schützen. Stimmt's, Frahm?«

Der junge Beamte wurde verlegen. Ihm war die ganze Sache noch immer sichtlich unangenehm. Sein Blick irrte entschuldigend zwischen Gerret Kolbe und Rieke Voss hin und her.

»Stimmt's, oder was?«, wiederholte Jacobsen und stieß seinem Kollegen einen Ellenbogen in die Rippen.

»Ist schon okay, Holger«, antwortete Frahm. In die Richtung der beiden Inselkommissare gewandt, sagte er: »Nehmen Sie's ihm nicht übel. Und was die andere Sache angeht: Ich denke, wir kommen hier draußen wirklich alleine klar.«

»Gut, wie Sie wollen«, sagte Kolbe. »Trotzdem wird einer von uns hier später nochmal nach dem Rechten sehen.«

Jacobsen wandte sich mit einem spöttischen Laut ab und machte sich daran, in ihrem Einsatzkoffer herumzukramen.

»Ist in Ordnung«, antwortete Frahm, »und nichts für ungut. Sie wissen schon …« Er deutete in die Richtung seines Kollegen, der beinahe kopfüber im Koffer steckte und ihnen sein gewaltiges Hinterteil zukehrte.

Kolbe nickte Frahm zu. Danach drehten sich die Inselkommissare um und bewegten sich ein Stück weit zusammen über den Strand.

Dabei lösten sie eine letzte Gruppe Schaulustiger auf, die bei ihrem Näherkommen rasch das Weite suchten.

»Sie wollen wirklich nachher nochmal zu den beiden raus?«, fragte Rieke Voss im Gehen.

»Ich schätze, dass die Chefin sowieso drauf bestehen wird. Wir können ja Streichhölzer ziehen, wer von uns es macht.«

»Die werden Sie wohl allein ziehen müssen, denn ich nehme heute spätestens die Fähre um halb sechs.«

»Praktisch, wenn man auf dem Festland wohnt«, antwortete Kolbe.

Rieke Voss grinste. »Finde ich auch.«

Keiner von beiden ahnte in diesem Augenblick auch nur annähernd, dass das Verschwinden des Containers nicht nur bemerkt, sondern auch bereits weitergemeldet worden war.

Die Nachricht hatte an einer gewissen Stelle zu großer Bestürzung geführt und für reichlich Wirbel gesorgt.

Daraus resultierte Ärger. Und der setzte sich in diesem Moment wie eine dunkle Welle mit Kurs auf Langeoog in Bewegung.

Kapitel 5

»Schöner Mist!«

Gesa Brockmann hatte es während der Schilderung der Ereignisse durch ihre beiden Inselkommissare nicht mehr auf dem Stuhl gehalten. Sie war hinter ihrem Schreibtisch auf und ab marschiert, nur mit zwei kurzen Unterbrechungen, um den Lamellenvorhang am Fenster kurz beiseite zu nehmen und nach draußen zu sehen.

Inzwischen war es Mittagszeit, was man allein daran erkannte, dass Enno Dietz im Vorraum seine Brotdosen ausgepackt und geöffnet hatte. Ein leichter Duft von Thunfisch und Partyfrikadellen zog über den Korridor.

Gesa Brockmann starrte auf das Telefon auf dem Schreibtisch, das sie in diesem Augenblick einfach klingeln ließ.

»Das ist Rademacher«, sagte sie mit einem Blick aufs Display. »Der hat vorhin schon mal angerufen. Und Harders auch. Ach ja, nicht zu vergessen Guido Hillmann, der Lehrer. Er hat sich über das Vorgehen der Polizei bei mir beschwert.«

»Der ist doch nicht mal am Strand gewesen«, entfuhr es Rieke Voss, die ihre Stirn in Falten gelegt hatte.

»Woher wissen Sie das denn?«, fragte Kolbe verblüfft. »Kennen Sie ihn etwa näher?«

»Das spielt doch jetzt überhaupt keine Rolle«, unterbrach die Chefin. »Viel wichtiger ist, dass wir die Wogen jetzt geglättet bekommen. Und dazu muss ich wissen, was Sie Vreede und den anderen erzählt haben.« Gesa Brockmann taxierte Kolbe mit ihrem Blick.

»Du meine Güte«, antwortete der Kommissar leise.

Gesa Brockmann hob fragend die Augenbrauen.

»Ich habe ihm gesagt, dass ich mich um die Sache kümmern werde.«

»Ach ja? Weil das zu Ihren Aufgaben gehört, oder wie?«

Kolbe vollführte eine verzweifelte Geste mit seinen Händen. »Weil die Situation da bereits kurz vor dem Kippen war. Ich habe mir einfach gedacht, dass die Zollbehörde den Inhalt des

41

Containers sicher freigeben wird, wenn keine Besitzansprüche mehr angemeldet werden und der Inhalt unbedenklich ist.«

»Haben Sie den Leuten das so gesagt?«

Kolbe schwieg.

»Dachte ich mir«, fuhr Gesa Brockmann säuerlich fort. Mit einem tiefen Seufzer ließ sie sich auf ihrem Bürostuhl nieder. »Mir wäre bedeutend wohler, wenn wir diesen dämlichen Container endlich los wären.«

Keiner der beiden Inselkommissare wagte zu widersprechen.

Das Telefon auf dem Schreibtisch klingelte erneut. Gesa Brockmann beugte sich leicht nach vorn und blickte auf das erleuchtete Display, in dem eine lange Nummer aufgetaucht war. Die Leiterin der Dienststelle hob den Hörer ab und lehnte sich in ihrem Stuhl zurück. Sie wechselte ein paar nichtssagende Worte, bevor sie den Hörer wieder auflegte.

Für ein paar Sekunden verharrte sie mit ausgestrecktem Arm, gesenktem Kopf und der Hand auf dem Telefonapparat.

»Jetzt haben wir auch noch ein Fernsehteam auf der Insel«, erklärte sie, als sie sich wieder aufrecht gesetzt hatte. »Die Leute haben Wind von der Sache mit den Schuhen bekommen. Aus irgendeinem unerfindlichen Grund hat Langeoog das meiste abbekommen. Die Radio- und Fernsehsender reißen sich gerade um uns.«

»Umso besser«, fasste Rieke Voss zusammen. »Dann wird dem Container und den Schüssen am Strand vielleicht nicht so viel Beachtung geschenkt.«

Gesa Brockmann nagte an ihrer Unterlippe und sah ihre Kommissarin auf eine Weise an, die deutlich machte, dass sie nicht unbedingt dieser Meinung war.

»Ich will, dass wir Ruhe in diese ganze Angelegenheit bringen«, erklärte sie schließlich. Sie blickte Rieke Voss erneut an. »Sie kümmern sich bitte um die Sache mit den Schuhen. Das ist keine große Angelegenheit, aber ich möchte, dass wir auch da eine gewisse Präsenz zeigen. Halten Sie sich einfach dort zur Verfügung. Sie verstehen schon, so ein bisschen aus dem Hintergrund heraus.«

Es war Rieke Voss anzusehen, dass sie etwas erwidern wollte, dann jedoch schien sie es sich anders überlegt zu haben, schwieg und nickte lediglich.

»Jetzt zu Ihnen, Kolbe«, fuhr Gesa Brockmann fort. »Fahren Sie nochmal raus zu Jacobsen und … äh …«

»Frahm«, half der Kommissar aus.

»Richtig. Sehen Sie nach dem Rechten und klären Sie, wie das da draußen vor Ort geregelt wird. Ob die beiden da wirklich eine Nachtwache einrichten wollen, meine ich. Reden Sie mit den Leuten und sorgen Sie um Himmels willen dafür, dass sich so etwas wie heute Morgen nicht noch einmal wiederholt.«

»In Ordnung«, antwortete Kolbe knapp.

Die Chefin atmete hörbar und mit einer Spur von innerer Anspannung aus. »Gut. Oder vielmehr nicht gut. Hektischer Tag heute. Aber wir kriegen das in den Griff.«

Das Telefon begann wieder zu schellen. Gesa Brockmann griff nach dem Hörer und deckte für einen Moment die Sprechmuschel zu. Sie gab den beiden Inselkommissaren ein Zeichen, dass für den Augenblick alles gesagt war und sie sich wieder an die Arbeit begeben konnten.

Kolbe und Voss erhoben sich gleichzeitig von ihren Stühlen.

»Moin, Herr Rademacher«, sagte die Chefin mit deutlich freundlicherem Ton als noch kurz zuvor. »Na, was haben Sie auf dem Herzen?«

Kolbe schloss die Bürotür hinter sich und folgte Rieke den Korridor hinunter.

Im vorderen Büro saß Enno und verzehrte gerade eine Frikadelle, die er in eine bunte Serviette gewickelt hatte.

Kolbe hielt kurz an, lugte über den Tresen und deutete auf die noch gut zur Hälfte gefüllte Dose.

»Sind die von Ihrer Mutter, Enno?«

»Mh-hm!«

»Was dagegen, wenn ich eine probiere?«

43

Der junge Beamte würgte den Bissen, der ihm im Mund steckte, herunter und war offensichtlich erleichtert über Kolbes Frage.

»Klar können Sie eine nehmen«, antwortete er stolz. »Meine Mutter hat extra ein paar mehr gemacht.«

Kolbe grinste und griff sich zwei Frikadellen aus der Dose. Er nickte Enno zum Dank zu und folgte Rieke nach draußen, wo ihre Räder auf sie warteten.

Er biss genussvoll ab und hielt Rieke die andere Frikadelle unter die Nase. »Auch eine? Die sind wirklich gut. Und es würde Enno sicher stolz machen.«

Die Kommissarin verzog angewidert das Gesicht. »Nein, danke. Außerdem waren Sie ja schon mit Ihren Fingern dran.«

»Ja, genau wie Enno«, erwiderte Kolbe gleichgültig kauend. »Und Ennos Mutter nicht zu vergessen.« Er schlang den Rest der Frikadelle herunter, bevor er sich schulterzuckend über das zweite Exemplar hermachte.

Rieke Voss hatte sich bereits auf ihr Fahrrad geschwungen, fuhr an und machte auf Höhe des Kommissars halt. Sie sah ihn an. Einen Augenblick länger, als es unter Kollegen vielleicht üblich gewesen wäre.

»Manchmal frage ich mich ernsthaft, was mit Ihnen nicht stimmt«, sagte sie und radelte los, noch ehe Kolbe etwas entgegnen konnte.

Er schluckte die Reste herunter und leckte sich Daumen und Zeigefinger ab. Währenddessen sah er Rieke Voss nach, wie sie in die Straße einbog und kurz darauf aus seinem Blickfeld verschwand.

»Ich mich auch«, murmelte Kolbe und schwang sich auf den Sattel. Er wählte die gleiche Richtung wie seine Kollegin und doch war sie bereits jetzt nicht mehr zu sehen. Vermutlich hatte sie extra einen Schleichweg gewählt, um ihm zu entkommen, dachte er. Dann verwarf er diesen Gedanken.

Ärgerlich trat er in die Pedale. Die Sonne stand hoch am Himmel und stach bisweilen unangenehm heiß auf ihn hinunter.

Sein Hemd war im Nu durchgeschwitzt, wenn auch ganz sicher nicht so stark wie das von Jacobsen, das man um diese Zeit vermutlich bereits hätte auswringen können.

Nun, Kolbe konnte sich ja in wenigen Minuten davon überzeugen. Er verspürte wenig Verlangen, zu den beiden Zollbeamten zurückzukehren, nur um nachzusehen, ob sie klarkamen. Wenn nicht, würden sie sich schon melden, dachte er. Die Gefahr kam jedoch von einer anderen Seite, nur wusste Kommissar Kolbe das zu diesem Zeitpunkt noch nicht.

Er erreichte das Ostende der Insel um kurz vor halb eins. Sein Fahrrad stellte er bei den Sanddornhecken ab, legte das Schloss um und bahnte sich einen Weg an den Strand hinunter.

Aus einiger Entfernung war der rostbraune Frachtcontainer bereits gut zu erkennen. Ebenso wie die beiden uniformierten Gestalten, die sich in einiger Entfernung platt am Boden sitzend in die schattenlosen Ausläufer einer Düne gedrückt hatten.

Kolbe hielt auf die Beamten zu, die ihn bereits entdeckt haben mussten. Keiner der beiden ließ es sich jedoch anmerken.

Erst als Kolbe bis auf anderthalb Meter heran war, sah Frahm zu ihm auf. Jacobsen hingegen starrte unverwandt aufs Wasser hinaus, während er mit einer kleinen Holzgabel die Reste einer Portion Pommes mit Mayo aufspießte.

»Ich bin nur gekommen, um zu hören, ob es vielleicht etwas Neues gegeben hat in Bezug auf den Container«, erklärte Kolbe.

Frahm nahm einen großen Schluck aus einer Plastikwasserflasche und schüttelte kurz darauf den Kopf. »Wir haben versucht zu recherchieren, von welchem Schiff das Ding stammen könnte, aber …« Der junge Mann brach ab.

»Ohne Erfolg?«, tippte der Kommissar.

Frahm warf die Flasche in den Sand und unterdrückte ein Rülpsen. »An dem Container selbst befinden sich keine Hinweise oder Markierungen, die auf den Empfänger schließen lassen, geschweige denn darauf, auf welches Schiff das Ganze verladen worden ist. Wir können daher nur hoffen, über den Inhalt nähere Informationen zu bekommen.«

»Und wenn das auch nicht funktioniert?«

»Wird der ganze Krempel beschlagnahmt und irgendwann vernichtet«, erklärte Jacobsen. »Nachdem wir es in Oldenburg zwischengelagert haben. Richtig so, Frahm?«

Der Jüngere blickte seinen Vorgesetzten irritiert an. »Ja, sicher.«

»Hören Sie«, fuhr Kolbe zögernd fort, »die Sache von heute Morgen ist wirklich dumm gelaufen. Vielleicht waren wir alle ein wenig neben der Spur. Jedenfalls … Sie können hier auf unsere volle Unterstützung zählen.«

Jacobsen erhob sich umständlich und gab dabei ein grunzendes Geräusch von sich. Er klopfte sich den Sand von den Hosenbeinen und sah Kolbe danach an. »Wissen Sie was? Schwamm drüber. Vergessen wir den Scheiß einfach.«

»Gut.«

Jacobsen zerknüllte die Pappschale in seiner Hand und sah sich gleichzeitig suchend nach einem Abfallbehälter um.

»Geben Sie mir das«, sagte Kolbe kurzentschlossen und deutete auf Frahms leere Wasserflasche. »Und das da auch.«

Der übergewichtige Zollinspektor grinste, als er Kolbe die fettige Schale in die Hand drückte. »Umweltpolizei sind Sie auch noch, hm?«

»Muss ja nicht sein, dass hier was rumliegt«, antwortete Kolbe mit einem aufgesetzten Lächeln. »Und Sie wollen das mit der Wache wirklich durchziehen, ja?«

Jacobsen nickte. »So lange, bis der Bautrupp hier eintrifft und wir das Ding wegschaffen können.«

»Wie gesagt: Falls Sie da unsere Unterstützung benötigen …«

Der Zollinspektor wiegelte ab. »Das kriegen Frahm und ich schon auf die Reihe. Wir haben schon ganz andere Sachen geschaukelt.«

Kolbe blickte den jungen Beamten an.

»Ja, allerdings«, bestätigte der Mann. Er grinste kurz, wurde darauf aber gleich wieder ernst. »Wir werden uns mit der Nachtwache abwechseln. Wir beide haben noch ein Zimmer im Strandhotel bekommen. Wenn etwas sein sollte, werden wir Sie anfunken, Kommissar.«

»Tun Sie das«, erwiderte Kolbe. »Also dann, vielleicht sehe ich heute Abend nochmal hier vorbei. Falls ich es nicht mehr schaffen sollte, wünsche ich Ihnen beiden alles Gute. Bis spätestens morgen früh.«

Die beiden Zollbeamten grüßten salopp zurück.

Als Kolbe sich umdrehte und ging, tat er dies mit einem seltsam flauen Gefühl im Magen. Waren es die beiden hastig verzehrten Frikadellen oder eine dunkle Vorahnung?

Jedenfalls sollte er einen der beiden Männer nie mehr lebend wiedersehen.

Kapitel 6

Der Tag verabschiedete sich langsam und wich dem Dunkel und einer Nacht, die zu den denkwürdigsten in der Geschichte der Insel werden sollte.

Es war später Abend, und die Sonne war fast vollständig über dem Meer versunken, als sich über den Strand am Ostende der Insel zwei Gestalten näherten, die lange Schatten auf den Sand warfen.

Sascha Frahm warf einen beiläufigen Blick in die Richtung, als er das Geräusch der Schritte vernommen hatte. Er stieß Jacobsen an, der neben ihm lag, in einer Mulde, die sein massiger Leib in den Fuß der Düne gedrückt hatte.

»Ich glaube, unsere Freunde statten uns doch nochmal einen Besuch ab.«

Jacobsen schreckte aus seinem Halbschlaf hoch und stemmte seine Ellenbogen in den von der Hitze des Tages noch warmen Sand. Er blinzelte Richtung Westen.

»Das sind nicht die Inselkommissare«, sagte er sofort.

In diesem Augenblick hatte es auch Frahm erkannt. Mit einem leisen Fluch schoss er in die Höhe und legte automatisch seine rechte Hand an den Griff seiner Dienstpistole.

Jacobsen stapfte zwei Schritte auf seinen Kollegen zu. Er hatte die Augen zu Schlitzen verengt und angelte nach seiner Taschenlampe, die er am Gürtel seiner Hose trug.

Die Schatten näherten sich. Kurz darauf flammte der helle Schein der Lampe auf und riss zwei blasse Gesichter aus der Dunkelheit.

»Moin, die Herren«, ertönte eine Stimme.

Die beiden späten Besucher rissen ihre Arme hoch, um ihre Augen gegen das grelle Licht abzuschirmen.

»Kein Grund zur Besorgnis«, meldete sich die Stimme zurück, »wir kommen in friedlicher Absicht.«

Die beiden Gestalten kamen näher.

Inspektor Jacobsen ließ seine Lampe langsam sinken, als er in einem der Männer den Apotheker Tjark Rademacher erkannte. Bei ihm war ein blonder Typ, etwa vierzig Jahre alt.

Er hatte ein kantiges Gesicht und trug einen Strickpullover, der ihm bis weit über die Hüften reichte.

»Das hier ist Guido Hillmann«, sagte Rademacher, um die Situation zu entschärfen. »Er ist einer unserer Lehrer hier auf der Insel.« Der Apotheker ließ lächelnd seinen Blick in die Runde schweifen. »Tja, Gott sei Dank hat sich die Lage ja inzwischen beruhigt, was? Ich schätze, die Leute hatten genug Abwechslung durch die angeschwemmten Schuhe.«

»Kann schon sein«, gab Jacobsen lakonisch zurück. Er hielt den Lichtstrahl der Lampe jetzt auf die Körpermitte der beiden Männer gesenkt. Aus den Augenwinkeln beobachtete der Zollinspektor, wie Frahm seine Hand von der Pistole nahm.

»Darf man fragen, was Sie beide hier wollen?«

Rademacher lächelte, wobei sein dünnes Oberlippenbärtchen zitterte. »Natürlich dürfen Sie das. Wir haben Ihnen etwas mitgebracht.« Rademacher gab seinem Begleiter ein Zeichen.

Der Lehrer griff in den Jutebeutel, den er mit sich führte, und zog ein paar kleine Fläschchen mit winzigem Bügelverschluss heraus.

»Das ist Langeooger Wattschluck«, sagte er mit einem breiten Grinsen, als er Jacobsen und Frahm je ein Fläschchen hinhielt. »Und hier habe ich noch für jeden von Ihnen ein Stück Kuchen, wenn Sie wollen. Apfelstreuselkuchen. Den hat Frauke Ritter gebacken.«

»Ihr gehört ein Textilladen auf Langeoog«, fügte Rademacher hastig hinzu. »Wir wollen uns damit im Namen aller Insulaner bei Ihnen für den Vorfall heute Morgen entschuldigen. Ich hoffe, Sie nehmen es an.«

Holger Jacobsen starrte auf die hingestreckte Hand des Lehrers, in der sich noch immer zwei der kleinen Flaschen befanden. Zögernd nahm er eine davon entgegen und drehte sie zwischen seinen Fingern. Sie war eisgekühlt. »Was um alles in der Welt ist Langeooger Wattschluck?«

»Ein kleiner Gruß von der Insel«, antwortete Rademacher augenzwinkernd. »Tut garantiert nicht weh. Was halten Sie davon, wenn wir zusammen anstoßen und dann diese ganze leidige Sache von heute früh vergessen?«

Jacobsen tauschte einen kurzen Blick mit Frahm. Der Jüngere starrte seinen Vorgesetzten regelrecht an und bewegte dabei kaum wahrnehmbar den Kopf hin und her.

Der Zollinspektor hatte die Geste dennoch wahrgenommen und zögerte einen Augenblick. Dann ging ein Ruck durch seinen fülligen Leib. »Ach, was soll's? Ein Schluck kann wohl nicht schaden. Oder, Frahm? Ich meine … mehr als einer ist in diesen winzigen Dingern ja auch nicht drin.«

Jacobsens nachfolgendes Lachen lockerte die Stimmung ein wenig auf.

»Wir wollen immerhin nicht riskieren, dass Sie uns diesen Besuch hier als Bestechungsversuch oder etwas in der Art auslegen«, bemerkte Rademacher mit einem Zwinkern.

Der Zollinspektor schien für einen Augenblick über diese Aussage nachzudenken. Dann jedoch klärte sich sein Blick.

»Na denn … Prost!« Jacobsen schnippte den Bügelverschluss gekonnt auf und setzte die Flasche, die fast komplett in seiner Faust verschwunden war, an die Lippen.

Die anderen taten es ihm gleich. Der Einzige, der noch zögerte, war Frahm, dann jedoch griff auch er zu.

Der Inhalt der Fläschchen verabschiedete sich gluckernd in den Kehlen der Männer.

Jacobsen ließ einen kleinen Rülpser entweichen und blickte noch einmal auf das Etikett der kleinen Flasche, ehe er sie dem Lehrer zurückgab. »Gar nicht übel. Und kam genau zur rechten Zeit.«

Guido Hillmann grinste, während er die leeren Flaschen wieder in seinem Beutel verstaute und dafür ein mit Alufolie umwickeltes Papptablett präsentierte, das er vorsichtig am Rand der Düne auf den Sand legte. »Wir lassen Ihnen den Kuchen hier, wenn Sie mögen. Aber Vorsicht: Der macht süchtig. So wie fast alles, was Frauke backt.«

Rademacher drehte sich zu den beiden Beamten um. Er streckte Jacobsen die Hand hin. »Also … entschuldigen Sie bitte vielmals, und lassen Sie sich gesagt sein: Die Langeooger sind nicht so, wie sich einige von uns heute Morgen präsentiert haben.«

»Ganz bestimmt nicht«, pflichtete Hillmann bei.

Holger Jacobsen kratzte sich an der Stirn, dann ergriff er die Hand des Apothekers und anschließend die des Lehrers.

Frahm beobachtete diese Szene aus einigem Abstand. Als er die drei anderen dort stehen sah, im Schein von Jacobsens Taschenlampe, erinnerte ihn die Szene eher an einen Pakt, den die Männer gerade geschlossen hatten.

Dazu passte auch der listige Ausdruck, den er in Rademachers Augen zu erkennen glaubte. Irgendwie war ihm der Besuch nicht geheuer, genauso wie die Leute selbst.

Dennoch ließ auch er den kräftigen Händedruck über sich ergehen. Wohl war ihm nicht dabei, aber die beiden Kerle würden sich ja sicherlich auch bald wieder vom Acker machen.

Und genau das taten sie. Nicht ohne jedoch dem Frachtcontainer, der in der nun nahezu perfekten Dunkelheit nur noch wie ein schattenhafter Klotz im weichen Schlick wirkte, einen irgendwie sehnsüchtigen Blick zuzuwerfen.

Kein Wort war über das Ding gesprochen worden, und doch war sich Frahm absolut sicher, dass der Besuch der Männer einzig und allein dem Container gegolten hatte.

Ein aberwitziger Gedanke kam Frahm in diesem Augenblick. Was, wenn Rademacher und Hillmann nicht mehr waren als zwei Spione, zwei Kundschafter, die man ausgesandt hatte, um die Lage hier draußen zu sondieren? Vermutlich würden sie gleich zu den anderen zurückkehren und berichten. Und dann?

Frahm fröstelte es plötzlich. Er dachte daran, dass die Nacht noch sehr lang war …

Ungefähr zur gleichen Zeit stellte Gerret Kolbe im Polderweg Nummer zwölf seinen benutzten Teller in die Spülmaschine.

Von Bente Franzen war nichts zu sehen. Vermutlich war sie ausgegangen oder hatte sich bereits zurückgezogen.

Kolbe löschte das Licht in der Küche und stieg die Treppe hinauf nach oben.

Die Tür des Professors stand einen Spalt offen. Licht fiel auf den oberen Flur.

»Ach, Herr Kolbe?«, tönte eine Stimme aus dem Zimmer.

Der Kommissar trat näher. Trotz der Frage, die er gewissermaßen als Einladung verstanden hatte, klopfte er an, bevor er die Tür weiter nach innen aufdrückte.

»Treten Sie ruhig näher«, rief Ladengast.

Kolbe kam der Aufforderung nach und entdeckte den Professor am Schreibtisch sitzend. Neben ihm im Aschenbecher qualmten die Reste eines obligatorischen Zigarillos.

»Ich wusste nicht, dass Sie noch auf sind«, sagte Kolbe vorsichtig, während er sich einen Stuhl heranzog und sich neben den Professor setzte, der sich noch nicht ein einziges Mal zu ihm umgedreht hatte.

»In meinem Alter braucht man nicht mehr so viel Schlaf«, entgegnete sein Zimmernachbar, der sich tief über die Platte seines Schreibtischs gebeugt hatte. Unmittelbar vor ihm befand sich ein flacher Steckkasten aus Holz, in dem Hunderte, wenn nicht gar Tausende von alten Dias untergebracht waren. Eine Schreibtischlampe mit langem, flexiblem Arm beschien die Mitte des Schreibtischs und bildete dort einen hellen Fleck aus Licht.

»Haben Sie etwa mehr über das Foto herausfinden können?«, fragte Kolbe, der versuchte, einen Blick auf den Tisch zu erhaschen.

Ladengast schüttelte den Kopf. »Nein. Ich kann Ihnen nicht sagen, wer es damals aufgenommen hat oder wie es in meine Sammlung gelangt ist. Ich habe mal einen ganzen Schwung Material aus einem aufgelösten Zeitungsarchiv bekommen, wissen Sie? Da waren auch eine Menge Fotos dabei.«

»Was genau treiben Sie hier eigentlich, Professor?«, wollte Kolbe wissen.

Otto Ladengast lächelte verschmitzt, lehnte sich zurück und griff in derselben Bewegung nach seinem halb verglühten Zigarillo. Er verengte seine Augen unter den buschigen Brauen ein wenig, als er an dem dunklen Glimmstängel zog. Nachdenklich blies er den Rauch Richtung Zimmerdecke.

»Tja, wer weiß das schon so genau, nicht? Falls Sie auf die ganzen Fotos und Dias anspielen: Ich arbeite hin und wieder für einige Zeitungen im Umkreis. Ich erinnere in kleinen Artikeln und Kolumnen an alte friesische Begebenheiten oder Brauchtümer. Es macht mir Spaß, verstehen Sie? Außerdem lenkt es ab. In Nächten wie diesen, in denen ich für gewöhnlich kaum ein Auge zumache.«

Kolbe dachte unwillkürlich daran, wie früh er den Professor morgens schon unten im Haus angetroffen hatte. Auf den Gedanken, dass der Mann gar nicht geschlafen haben könnte, war er noch gar nicht gekommen.

»Sie interessieren sich doch für das alte Haus am Waldrand, nicht wahr?«

»Das Haus von Doktor Sartorius«, platzte es aus Kolbe heraus, der sich sofort wie elektrisiert fühlte.

Ladengast nickte und drückte dabei seinen Zigarillo im Aschenbecher aus. »Ja, ganz recht. Sie haben eine … hmm … recht starke Verbindung zu diesem Gemäuer, wenn ich Sie neulich recht verstanden habe.« Der Professor lachte auf. »Ach, ich plaudere hier so vor mich hin. Vermutlich wollten Sie schlafen gehen und müssen sich nun die Philosophien eines alten Mannes anhören.«

»Nein, nein«, beschwichtigte Kolbe hastig. »Das alles ist sehr interessant für mich. Unter Umständen könnte es sogar sehr wichtig sein, mehr über dieses Haus und seine Geschichte zu erfahren.«

Ladengast drehte den Kopf zur Seite. »Wichtig, hm?«

»Ich bin als Kind dort gewesen. In der Zeit, aus der auch das Foto stammt. Das Haus hat meinem Vater gehört.«

»Sollte er Ihnen dann nicht einiges dazu sagen können?«

Kolbe lehnte sich zurück und lächelte versonnen. »Mein Vater scheint alle Ereignisse, die vor meinem fünften Geburtstag liegen, systematisch aus seinen Erinnerungen gelöscht zu haben. Und aus meinen.«

Ladengast zog fragend seine weißen Augenbrauen hoch.

»Ich nehme an, dass es mit dem Tod meiner Mutter zu tun hat«, fügte Kolbe hinzu. Er wurde ernst, sah dem alten Mann neben ihm direkt in die Augen. »Ich habe noch nie darüber gesprochen, aber … bisher ging ich immer davon aus, dass meine Mutter in Kiel gestorben ist. Aber jetzt muss ich annehmen, dass hier auf Langeoog etwas geschehen ist. Etwas, das mit meiner Mutter und dem Haus am Waldrand zu tun hat.«

»Glauben Sie etwa, dass damals ein Verbrechen geschehen ist?«, fragte Ladengast. »Dass Ihre Mutter möglicherweise … ermordet wurde?«

»Ja«, flüsterte Kolbe, während ein eisiger Schauer über seinen Rücken lief. »Ja, das glaube ich.«

Für eine Weile blieb der Professor stumm. Er rührte sich nicht, saß einfach da und schien seinen Gedanken nachzuhängen. »Junge, Junge«, sagte er schließlich. Und noch einmal, während er sich über den Kasten mit den Dias beugte: »Junge, Junge!«

»Haben Sie etwas über das Haus in Erfahrung bringen können?«, fragte Kolbe zwischendurch, während die Finger des alten Mannes erstaunlich flink über die Reihen in dem Kasten flitzten.

»Nun ja, der gute alte Doktor …«

»Ich wäre Ihnen dankbar, wenn Sie ihn nicht so nennen würden«, unterbrach Kolbe. »Ich habe den Mann nämlich kennengelernt und kann Ihnen verraten, dass ich ihn keineswegs für wirklich alt und schon gar nicht für gut halte.«

Ladengast unterbrach seine Tätigkeit für einen Augenblick, kicherte in sich hinein und schüttelte dabei mehrmals den Kopf. »Sie gefallen mir, Kolbe. Doch, ich muss sagen, seitdem Sie hier sind, haben Sie unsere kleine Zweier-WG ganz ordentlich aufgefrischt.«

»Ach ja?«, fragte der Kommissar. »Aber es gab doch auch einen Mieter vor mir. Einen gewissen Hagen Krohn.«

»Woher kennen Sie seinen Namen?«

Kolbe lächelte matt. »Seine Bücher stehen noch immer in meinem Zimmer. Er hat in einige davon seinen Namen geschrieben.«

»Ach, tatsächlich?« Ladengast hielt abermals kurz inne und blickte ziellos zur Wand gegenüber. »Eigenartiger Bursche. Bin nicht recht schlau geworden aus ihm. Er hat ja auch nicht lange nebenan gewohnt. Ist irgendwie Hals über Kopf abgereist.«

Kolbe erinnerte sich dunkel, dass Bente Franzen bei seiner Ankunft in diesem Haus eine ähnliche Formulierung benutzt hatte.

»Zurück zu dem Haus«, brachte sie Ladengast wieder in die Spur zurück. »Es hat lange Zeit leer gestanden und war am Ende ziemlich heruntergekommen, bevor Sartorius es irgendwann in den Achtzigern gekauft hat. Danach stand es wiederum lange leer. Ich dachte damals schon, es sei das Beste, den Kasten einfach abzureißen. War wirklich nicht mehr viel los damit. Bruchbude, wenn Sie verstehen, was ich meine. Liebespärchen haben sich mitunter gerne dahin verzogen, um … um das zu tun, was Leute eben tun, wenn sie frisch verliebt sind. Bevor alles dann irgendwie zur Routine wird. Äh … Aber dann … peu à peu … hat der Doktor wohl eine Stange Geld in die Hand genommen und den alten Kasten von Grund auf saniert. Naja, was heute draus geworden ist, wissen Sie ja. Sie waren ja da, um einen Mordfall aufzuklären.«

»Haben Sie noch Fotos aus der Zeit von damals?«, wollte Kolbe wissen.

Der Professor nickte. Noch immer flitzten seine Hände über den Kasten, verweilten mal hier, mal dort. Dann zog Ladengast nacheinander einige Dias heraus und betrachtete sie gegen das Licht. »Hier sind sie. Ah, ja … tatsächlich. So hat es damals ausgesehen. Hier … hier ist Sartorius als junger Mann.«

Ladengast reichte ein Dia an Kolbe weiter. Der Kommissar zögerte einen Augenblick. Dann hielt auch er die Aufnahme gegen das Licht … und erstarrte.

Er erkannte das alte Haus, wie es damals war, sofort wieder. Das Dach war ein anderes gewesen, auch der schmale Sandweg, der auf das Gebäude zulief. Die Aufnahme zeigte das Anrücken von Baufahrzeugen, die tiefe Spuren in die Wiese vor dem Haus gegraben hatten. Vor den schweren Maschinen posierte ein Mann mit schlaksiger Gestalt.

Kolbe war mit einem Mal, als würde er eine Zeitreise begehen. Als würde er in einen Strudel gezogen, der sich immer schneller um ihn drehte, ihn mitriss, ob er wollte oder nicht.

Langsam ließ er die Aufnahme sinken.

Ja, er kannte diesen Mann. Und er war sich spätestens jetzt sicher, dass er es gewesen war, der sich über seine am Boden liegende Mutter gebeugt hatte.

Kapitel 7

Regen prasselt auf das Dach. Ein trommelndes Geräusch, bei dem kaum eine Verständigung möglich ist. Aber geredet haben sie ohnehin schon seit einigen Minuten nicht mehr miteinander. Seitdem sie von zu Hause losgefahren sind.

Gerret befindet sich auf dem Beifahrersitz eines Elektro-karrens.

»Ich muss dich mitnehmen«, hat sein Vater gesagt. Der Mann, der jetzt verbissen durch die dünne Windschutzscheibe auf die Fahrbahn starrt, während der einzelne Scheiben-wischer erfolglos versucht, den strömenden Wassermassen Herr zu werden.

»Du konntest nicht da bleiben. Nicht in dem Haus. Das verstehst du doch?«

Nein. Gerret versteht kein Wort davon. Wenn er eines versteht, dann die Tatsache, dass sich sein Leben von diesem Tag an verändern wird. Es wird nie wieder dasselbe sein. Er begreift, dass etwas geschehen ist, das sich nie wieder gutmachen lässt. Nur dass er die Akteure in diesem grässlichen Spiel für Erwachsene nicht kennt.

Vielleicht wird er sie niemals kennenlernen. Zumindest seinem Vater scheint sehr viel daran gelegen zu sein. Natürlich weiß der Junge auf dem Beifahrersitz das nicht. Aber er spürt die Veränderung im Verhalten seines Vaters.

Hansjörg Kolbe stößt immer wieder leise Flüche aus.

Das Summen des Elektromotors ist im Innern des Fahrzeugs und bei dem sintflutartigen Regen nicht zu hören.

Es kommt Gerret vor, als würden sie dahingleiten, einem unbekannten Ziel entgegen.

Inzwischen ist es tiefschwarze Nacht. Oktober. Die Herbststürme peitschen heran, wühlen die See auf.

Im Radio haben sie vor wenigen Minuten vor einer Sturmflut vor den Ostfriesischen Inseln gewarnt.

Eine perfekte Kulisse, um ... ja, um was eigentlich zu tun?

Kolbe senior hat seinem Sohn nicht verraten, was er noch im Haus zu erledigen hatte, nachdem Gerret bereits im Wagen war.

Er saß einfach nur da, das Haar triefend nass, nur von dem kurzen Weg von der Haustür bis zum Elektrokarren. Er hat gewartet, ohne zu wissen, worauf. Irgendwann traute er sich, aus dem Seitenfenster des Wagens zu blicken, hinüber zum Haus, wo wenige Minuten später die Lichter ausgingen.

Ein schwarzer Schatten bewegte sich durch die Dunkelheit. Dann wurde die Ladeklappe des Wagens geöffnet.

Gerret spürte, wie das Heck des Karrens absackte. Das Geräusch der zufallenden Tür besiegelte seine Vorstellung davon, was dort hinten vor sich ging.

Das alles ist erst wenige Minuten her. Seitdem herrscht eine Stille zwischen Vater und Sohn, die noch sehr lange anhalten wird, ohne dass beide es jetzt bereits ahnen.

Der Junge auf dem Beifahrersitz hat keine Ahnung, was in seinem Vater vorgeht. Trotz der Kälte ist ihm nahezu unerträglich heiß in seinem Anorak. Er hat das Gefühl, als würde die Nässe des Regens im Innern des Wagens verdampfen.

Die Scheiben sind beschlagen.

Wieder hört Gerret seinen Vater fluchen, während dieser mit seinem Jackenärmel hektisch über das Glas wischt.

Im Licht der Scheinwerfer sieht der Junge den Regen fallen. Nichts als Regen. Er verschleiert die Sicht, lässt die Fahrbahn bestenfalls noch erahnen.

Ihr Ziel kann nicht weit sein. Nichts auf Langeoog liegt wirklich weit entfernt. Und doch kommt dem Jungen diese Fahrt wie eine Ewigkeit vor.

Er will nicht hier sein. Nicht bei seinem Vater und nicht sonst wo. Er weiß nicht mehr, wohin er gehört, und diese Erkenntnis trifft ihn mit furchtbarer Gewalt.

Eine Träne rinnt an seiner Wange herab, vermischt sich mit der Nässe des Regenwassers. Sie tropft unbemerkt in seinen Schoß.

Irgendwann ist diese Fahrt schließlich doch vorbei. Sie findet ihr Ende bei einem Haus am Kavalierpfad, über dessen Tür eine einzelne Lampe brennt. Auch dieses Licht wirkt verschwommen, so wie nahezu alles in dieser Nacht.

»Bleib im Wagen sitzen, hörst du?«

Die Stimme seines Vaters lässt ihn aus seinen Gedanken aufschrecken. Sein Kopf ruckt zur Seite. Er sieht das Gesicht seines Erzeugers, und es kommt ihm überdimensional groß vor.

»Egal, was auch passiert: Du bleibst hier sitzen. Hast du verstanden?«

Gerret spürt etwas im Hals, das sich wie ein gigantischer Kloß anfühlt. Er möchte sprechen, bringt aber keine Silbe über die Lippen. Deswegen nickt er. Gleich zweimal, in der Hoffnung, dass sein Vater diese Antwort akzeptiert.

Der Junge fühlt den prüfenden Blick des Mannes auf sich ruhen. In diesem Moment möchte er noch tiefer im Sitz versinken, so tief, dass er nicht mehr zu sehen ist.

Sein Vater nickt ihm zu. Sein Gesicht wirkt irgendwie entstellt. Wie eine Maske.

Dann ist der Eindruck verschwunden. Gerret sieht seinen Vater das nächste Mal, wie er auf das Haus zueilt. Er klingelt und klopft gleichzeitig. Dem Jungen ist, als könne er die Geräusche hören.

Die Tür wird geöffnet. Eine Gestalt taucht auf der Schwelle auf. Gerret möchte sie gerne deutlicher sehen, doch in diesem Augenblick wird das Licht vor der Tür ausgeschaltet.

Der Regen prasselt unverändert weiter. Deswegen kann der Junge nicht hören, was die beiden Männer miteinander zu bereden haben. Sie tuscheln, flüstern. Gerret ist sich sicher, dass sie es tun. Auch in dem Moment, in dem sie die Hintertür des kleinen Lieferwagens öffnen. Wo sein Vater dieses Gefährt mitten in der Nacht aufgetrieben hat, wird wohl für immer sein Geheimnis bleiben.

Es sei denn, der Junge auf dem Beifahrersitz würde eines Tages beschließen, all den rätselhaften und grässlichen

Ereignissen dieser Nacht nachzugehen. Irgendwann. Wenn die Zeit reif dafür war ...

Jetzt jedoch kann er nichts anderes tun, als sich in den Sitz zu kauern und abzuwarten.

Die Männer laden etwas aus. Dieses Mal ist sich der Junge sicher, Stimmen hinter dem Wagen zu hören. Ein Laut ist darunter, der sich wie ein verzweifelter Schrei anhört.

Gerret presst sich die Hände auf seine Ohren, um nichts mehr davon mitzubekommen. Nie wieder.

Er sieht nicht mehr hin. Sieht nicht, wie die beiden Schatten etwas zwischen sich hertragen, zum Haus hinüber, in den dunklen Schlund des Eingangs, wo ihre Fracht vielleicht auf immer verschwindet.

Die Haustür schließt sich hinter den beiden Männern. Kurz darauf scheint das Haus zum Leben zu erwachen. Licht erfüllt ein Fenster nach dem anderen.

Noch immer sitzt Gerret da, will nichts sehen und nichts mehr hören. Irgendwann jedoch wird die Neugier stärker. Vielleicht ist es auch nur eine Art Willen, eine Kraft, die er für Neugier hält. Jedenfalls lässt er seine kurzen Arme sinken, bis ihm die Hände kraftlos in den Schoß fallen.

Er sieht durch den Regenschleier zum Haus hinüber.

Hinter einem der Fenster sind die Umrisse zweier Menschen zu sehen. Ein kurzer Eindruck nur, dann wird der Vorhang mit einem Ruck zugezogen. Doch nicht ganz. Im Eifer des Gefechts bleibt ein kleiner Spalt. Er ist es, der jetzt Gerrets ganze Aufmerksamkeit erregt, der ihn magisch anzuziehen scheint.

Er weiß, dass er es tun wird. Noch während er hier sitzt, keimt in ihm die Gewissheit auf, dass er aussteigen und zum Haus hinüberlaufen wird. Obwohl es ihm sein Vater streng verboten hat und obwohl er für dieses Vergehen eine Strafe zu erwarten hat.

Trotzdem kann er nicht anders. Seine Finger umklammern den kleinen silbernen Hebel, der sich als Türöffner erweist. Die Tür springt unvermittelt auf. Gerret entfährt ein heiserer Schrei, als er das Gleichgewicht verliert und kopfüber fällt. Im letzten Augenblick kann er sich reflexartig an der Tür festklammern und seinen Sturz abmildern.

Es gelingt ihm, mit einem platschenden Geräusch vor dem Wagen auf die Füße zu kommen.

Sein kleines Herz hämmert in seiner Brust. Er stemmt sich von außen gegen die Beifahrertür, drückt sie halbwegs ins Schloss zurück.

Er dreht sich um. Regen peitscht ihm ins Gesicht.

Die Tannen hinter dem Haus biegen sich im Wind, der durch ihre Äste fährt und unheimliche Laute erzeugt.

Seine Füße tragen ihn die wenigen Meter über die Straße, bis hin zum Haus. Die kleine Pforte steht offen. Es ist nahezu dunkel, nur aus dem Fenster dringt noch ein schwacher Lichtschimmer.

Gerret klettert auf die Bank, die vor dem Haus steht. Er muss sich weit nach links beugen, um bis zum Fenster zu gelangen. Durch den Spalt zwischen den Vorhängen ist ein Stück des Raums zu sehen. Teile eines Tischs, auf dem sich eine Vase mit halb vertrockneten Schnittblumen befindet. Dahinter ein Stück Teppich und ein länglicher, in halb durchsichtige Folie verpackter Gegenstand.

Der Junge auf der Bank ist nicht in der Lage, Rückschlüsse dieser Art zu ziehen, daher erkennt er nicht, dass es sich um den Duschvorhang aus dem Haus am Waldrand handelt.

Durch das Plastik schimmert weiße Haut. Mit viel Fantasie ist ein menschliches Gesicht zu erkennen. Das Gesicht einer Frau. Gerret hat diese Einbildungskraft, und daher weiß er, was in den Vorhang eingewickelt wurde.

Noch durch das halb durchsichtige Material hindurch spürt er den toten Blick seiner Mutter, der auf ihm ruht.

Bei den Männern im Haus handelt es sich um Sartorius und seinen Vater. Die Leiche liegt zwischen ihnen, und es hat den Anschein, als würden sie beraten, was zu tun ist. Als ob sie darum schachern, wer sich um sie kümmert. Gerret weiß nicht, dass er der Wahrheit damit ziemlich nahe kommt.

Die Bank wackelt, steht nicht stabil. Er versucht, das Gleichgewicht zu halten, was nicht so einfach ist. Seine Arme vollführen eine rudernde Bewegung.

Gerret ist abgelenkt. Seine ganze Aufmerksamkeit ist darauf ausgerichtet, nicht von der Bank zu stürzen.

Als er sich wieder gefangen hat, versucht er, einen erneuten Blick durch das Fenster zu erhaschen.

Ein bleiches Gesicht starrt ihn durch die Scheibe an!

Gerret schreit auf. Sein rechter Fuß rutscht unter ihm weg. Wieder rudert er mit seinen Armen, doch dieses Mal gelingt es ihm nicht, sich wieder ins Gleichgewicht zu bringen.

Er fällt hintenüber und ... wird von kräftigen Händen aufgefangen! Eine tiefe Stimme hinter ihm.

»Hoppla, Kleiner!«

Ein Traum? Nein, dachte Kolbe, als er auch in dieser Nacht aufschreckte. Das war etwas anderes gewesen, etwas viel Intensiveres. Es waren seine Erinnerungen, die sich auf diese Weise einen Weg an die Oberfläche gebahnt hatten.

Ein Geräusch hatte die Bilder, diese grässlichen Szenen, unterbrochen. Eine Art peitschender Knall, wenngleich aus weiter Ferne.

Kolbe schwang sich aus dem Bett und trat an das geöffnete Fenster heran. Es war für Langeooger Verhältnisse beinahe windstill, was bedeutete, dass die Birkenblätter vor dem Haus lediglich leise flüsterten. Ansonsten war es nahezu ruhig. Nur in der Ferne waren die aufgeregten Laute von Vögeln zu hören, die sich protestierend entfernten, bis sie schließlich verstummten. Etwas musste sie aufgeschreckt haben. Vielleicht das Geräusch, das Kolbe geweckt hatte.

Der Kommissar sah sich um und blickte auf den Wecker neben seinem Bett. Die Leuchtziffern zeigten zwölf Minuten nach zwei Uhr an.

Kolbe stieß einen leisen Fluch aus. Er betrat sein kleines Wohnzimmer, ging zum Tisch hinüber und goss sich aus einer Wasserflasche ein halbes Glas ein. Er setzte es an die Lippen und leerte es in einem Zug.

Noch immer stand er unter dem Einfluss seiner Erinnerungen. Er ahnte jetzt, was damals geschehen war, und entschied, dass es an der Zeit war, seinem Vater einige Fragen zu stellen. Und dieses Mal würde er sich nicht abwimmeln lassen.

Mit diesem Vorsatz legte er sich zurück ins Bett und war in der nächsten Minute bereits wieder eingeschlafen.

Kapitel 8

Etwas … jemand klopfte an seine Tür. Kolbe riss die Augen auf und starrte auf seinen Wecker. Es war noch nicht einmal halb sechs. Während er sich noch bemühte, zu sich zu kommen, wurde das Klopfen energischer.

»Herr Kolbe, sind Sie wach? Da ist ein Anruf für Sie!«

Die Stimme von Bente Franzen.

Der Kommissar sprang aus dem Bett und taumelte schlaftrunken zur Tür.

Seine Vermieterin war noch im Bademantel, hatte aber offensichtlich schon hinreichend Morgentoilette betrieben. Sie hatte sich dezent geschminkt und ihr Haar geglättet, das im Schein des Flurlichts dunkel glänzte. Außerdem ging von ihr ein sanfter Geruch von Lavendel aus.

»Was ist los?«, fragte Kolbe.

»Ein Anruf. Ihre Chefin ist am Apparat.«

»Sie ruft hier an? Warum hat sie denn nicht …«

»Sie hat gesagt, auf Ihrem Handy geht immer nur die Mailbox dran. Außerdem sagte sie, es sei dringend.«

»Schon gut, ich komme«, erwiderte Kolbe, öffnete die Tür weiter und trat in Boxershorts und T-Shirt in den Flur.

Es entging ihm nicht, dass Bente Franzen ihn anlächelte, als er an ihr vorbeihastete, die Treppe hinunter.

Im unteren Flur lag der Hörer neben dem altmodischen Wählscheibenapparat. Kolbe nahm ihn auf.

»Hallo?«

»Wir haben ein Problem, Kolbe! Hab's gerade erst erfahren.«

Gesa Brockmann klang durch den Apparat genauso, wie Kolbe sich gerade fühlte.

»Ist etwa schon wieder was mit dem Container?«, fragte er.

»Allerdings. Der wurde über Nacht anscheinend aufgebrochen und ausgeplündert. Aber das ist noch nicht mal das Schlimmste.«

Kolbe blickte schräg nach oben zur Treppe, wo er eine Bewegung wahrnahm. Bente Franzen kam die Stufen herunter.

Dabei klaffte ihr Bademantel auf und gab den Blick auf ihre schlanken Beine frei. Kolbe blinzelte. Es war noch viel zu früh. »Was ist passiert?«, fragte er hastig. Währenddessen stieg bereits eine ungute Vorahnung in ihm auf. Was konnte den geplünderten Container noch toppen? Auf Anhieb fiel ihm da nur eine einzige Sache ein.

»Wir haben einen Toten«, kam die Bestätigung in der nächsten Sekunde durch den Hörer. »Holger Jacobsen hat eine Kugel im Kopf.«

»Scheiße«, flüsterte Kolbe.

Bente Franzen war auf der letzten Treppenstufe stehen geblieben, umklammerte den hölzernen Pfosten und sah ihren Mieter aus wachen Augen an.

»Ich will, dass Sie sofort hinfahren«, sagte Gesa Brockmann in diesem Moment. »Ich fahre jetzt ins Büro und leite von dort aus alles Weitere in die Wege. Ach ja, der Kollege vom Zoll, Sascha Frahm, ist bereits vor Ort. Er hat die Leiche vor ein paar Minuten entdeckt.«

»In Ordnung«, sagte Kolbe knapp, »ich bin in fünfzehn Minuten da.«

Er legte den Hörer auf und starrte den Apparat für ein paar Sekunden nachdenklich an. Dann wirbelte er herum und eilte zur Treppe.

»Gibt es Ärger?«, wollte Bente Franzen wissen. Sie sah ihn aus ihren haselnussbraunen Augen an.

»Ein Toter am Ostende«, gab Kolbe rasch zurück, während er bereits die Treppe hinaufjagte.

Oben angekommen raffte er seine Sachen zusammen und schlüpfte in seine Kleidung. Eine Rasur musste heute Morgen ausfallen. Nach einem kurzen Abstecher ins Bad eilte er bereits wieder die Stufen nach unten. Die Aktion hatte keine drei Minuten in Anspruch genommen.

Im Flur wartete Bente Franzen auf ihn. Sie hielt eine Teetasse in der Hand, die sie Kolbe reichte.

»Nehmen Sie schon«, sagte sie. »Wenigstens ein paar Schlucke. Ist gut für Ihren Kreislauf.«

Kolbe wollte etwas erwidern, dann jedoch machte er tatsächlich von ihrem Angebot Gebrauch und stürzte den heißen Tee in wenigen Schlucken herunter. Er reichte ihr die leere Tasse zurück. »Danke«, sagte er und lächelte flüchtig dabei.

Kolbe griff nach seiner Aktenmappe und wandte sich zur Tür. Dabei musste er sich im engen Flur an Bente Franzen vorbeidrängen. Natürlich hätte sie Platz machen können, überlegte er. Doch das lag ihr offenbar nicht im Sinn.

Sie berührten sich. Kolbe hätte sie beinahe umgestoßen.

»Entschuldigung.«

»Schon gut, nichts passiert«, sagte sie leise. Noch immer standen sie sich direkt gegenüber. Ihr Blick hing an seinem. Dann lächelte sie und trat auf die erste Treppenstufe zurück, um Kolbe vorbeizulassen.

Er nickte ihr zu, öffnete die Tür und verließ das Haus.

Das Langeooger Ostende erreichte er nur wenige Minuten später. Eben machten sich die ersten Sonnenstrahlen auf die Reise. Der Tag begann wolkenverhangen. Regen lag in der Luft, doch das kümmerte Kommissar Kolbe nicht. Er warf sein Rad in die Hecke und hastete über den Strand.

Der Anblick des Containers hatte sich kaum verändert, nur dass die Szenerie heute Morgen insgesamt ein wenig düsterer wirkte als tags zuvor.

Etwas allerdings war anders. Der Tote, der platt im flachen Wasser saß, den Kopf auf die Brust gesunken und mit dem Rücken gegen den Container gelehnt.

Aus einiger Entfernung und vom richtigen Winkel aus betrachtet, hätte man annehmen können, dass Zollinspektor Holger Jacobsen schliefe. Aber das war nicht der Fall, und sowohl die dünne Eintrittswunde an seiner rechten Schläfe als auch die weggesprengte Schädeldecke auf der anderen Seite erklärten, warum.

Als Kolbe auf den Strandabschnitt trat, kam Sascha Frahm ihm bereits entgegengeeilt. Der Kommissar hatte ihn schon aus einiger Entfernung erkannt, wie er rastlos und in ausreichendem Abstand zum Container auf und ab gelaufen war.

Jetzt endlich schien der Mann ein Ziel zu haben und war sichtlich froh über das Eintreffen des Kommissars.

»Moin, Herr Kolbe«, grüßte er mit einem nervösen Lächeln. »Gut, dass Sie so schnell kommen konnten. Ich hatte Frau Brockmann angerufen.«

»Ja, ich weiß«, antwortete der Angesprochene, »sie hat mir schon das Nötigste erzählt.«

Wie auf eine Verabredung hin blickten beide Männer gleichzeitig zum Container hinüber.

»So eine gottverdammte Sauerei«, entfuhr es Frahm. Er sprach leise, mit einem leichten Zittern in der Stimme, als würde es ihn frösteln.

Kolbe löste seinen Blick von der Leiche und ließ ihn zu einem Korb aus Bast hinüberwandern, der ein paar Meter weiter im Sand abgestellt war. Eine große Thermoskanne lugte daraus hervor.

»Dann wollen wir mal loslegen«, entschied der Kommissar und drehte sich zu Frahm um, der im Sand auf der Stelle trat, weil er offensichtlich mit sich selbst nicht wusste, wohin.

»Wie lange sind Sie schon hier unten am Strand, beziehungsweise wann haben Sie die Leiche entdeckt?«

Frahm schien dankbar, endlich etwas zu tun zu bekommen. Er nickte dem Kommissar zu, bevor er zu einer Antwort ansetzte.

»Das war genau um fünf Uhr siebzehn. Ich habe es mir gleich aufgeschrieben, damit ich es nicht vergesse. Eigentlich war ich viel zu früh dran, wissen Sie? Ich hätte erst um sechs Uhr hier sein sollen, aber … ich habe die Nacht schlecht geschlafen und war viel zu früh wach.«

Nicht nur du, mein Junge, dachte Kolbe bei sich. Er forderte sein Gegenüber auf, weiterzuerzählen.

Frahm zuckte mit den Schultern. »Um sechs Uhr hätte ich Jacobsen ablösen sollen. Wir hatten gestern die Nachtwachen eingeteilt. Ich habe die erste Schicht übernommen. Die ging von zehn Uhr abends bis um zwei Uhr nachts. Jacobsen hat mich dann abgelöst.«

»War er pünktlich?«, fragte Kolbe rasch.

»Auf die Minute. Was das anging, funktionierte Jacobsen wie ein Uhrwerk. Er war nie auch nur eine Minute zu spät.«

»Gab es noch einen anderen Grund, warum Sie heute Morgen so früh hier sein wollten?«

Frahm blickte auf. »Nein. Nur der, dass ich nicht mehr schlafen konnte. Dann kam ich auf die Idee, dass ich Brötchen und Kaffee mit an den Strand nehmen könnte. Also habe ich mich angezogen und bin nach draußen. Auf dem Weg kam ich beim Inselbäcker vorbei. Offiziell haben die zwar um die Zeit noch nicht geöffnet, aber sie haben für mich eine Ausnahme gemacht. Naja, danach bin ich dann hierher.«

»Jemanden gehört oder gesehen?«, fragte Kolbe knapp. »In der Nacht, bei Ihrer Ablösung, oder heute Morgen vielleicht?«

Frahm schüttelte langsam den Kopf. »Heute früh war keiner hier. Und heute Nacht auch nicht. Also … jedenfalls nicht während meiner Wachzeit. Gestern Abend allerdings …«

Frahm stockte. Seine Augen weiteten sich einen Deut. Offensichtlich war ihm gerade etwas eingefallen.

»Reden Sie ruhig weiter«, forderte ihn Kolbe auf.

»Ich weiß nicht, ob es etwas zu bedeuten hat«, fuhr der Mann vom Zoll zögernd fort, »aber gestern Abend sind zwei Männer hier gewesen. Zwei Einheimische, meine ich. Der Apotheker …«

»Rademacher?«, hakte Kolbe nach.

Frahm nickte. »Der und einer der Lehrer. Ich glaube, Hillmann heißt er.«

»Die beiden waren gestern noch hier? Was haben sie gewollt?«

Der junge Mann gab ein leises Lachen von sich. »Mir kam das Ganze reichlich seltsam vor. Die wollten sich entschuldigen für die Eskalation gestern Morgen.«

»Sieh mal einer an.«

»Tja, und Kuchen hatten sie mitgebracht. Und Schnaps.«

Kolbe sah Frahm an und hob fragend die rechte Augenbraue.

Der Zollbeamte winkte ab. »Winzige Flaschen. Wattschluck oder so. Jacobsen und ich haben mit ihnen angestoßen.«

»Und danach?«

»Nichts weiter. Die beiden sind dann wieder abgezogen. Das muss schon so gegen kurz nach zehn gewesen sein. Jacobsen hatte sich nämlich gerade auf den Weg ins Hotel machen wollen.«

Kolbe nickte. »Verstehe. Und während Sie hier allein Wache geschoben haben, hat sich niemand mehr gezeigt, nein? Rademacher und Hillmann sind nicht vielleicht nochmal zurückgekommen? Oder jemand anderes vielleicht?«

»Nein«, antwortete Frahm. »Die Nacht war absolut ruhig. Keine besonderen Vorkommnisse.«

Das alles passte Kolbe nicht. Was hatten die beiden Männer hier zu suchen gehabt? Eine Entschuldigung? War es ihnen wirklich darum gegangen?

»Dann kommen wir jetzt mal zum unangenehmen Teil«, erklärte der Kommissar und drehte sich zur Wasserseite hin um. Es fiel ihm schwer, auf die Leiche zuzugehen.

Frahm folgte in einigem Abstand. »Ich habe nichts angerührt«, sagte er hastig. »Ich … ich habe ihn genauso sitzen lassen, wie ich ihn gefunden habe.«

»Schon gut«, gab Kolbe zurück und gab dem anderen ein Handzeichen. »Vielleicht wäre es trotzdem gut, wenn Sie einfach da stehen bleiben.«

Frahm hob beschwichtigend die Arme und verharrte in seiner Bewegung.

Kolbe registrierte die Verfassung des anderen und zwinkerte ihm zu. »Vielleicht genehmigen Sie sich einfach da drüben eine Tasse Kaffee, bis ich zurück bin. Ich schätze, Sie können ihn brauchen.«

Der Mann vom Zoll nickte und drehte sich um.

Kolbe hingegen setzte seinen Weg fort. Es war noch keine vierundzwanzig Stunden her, dass er sich das letzte Mal am Strand Schuhe und Socken abgestreift hatte.

Dieses Mal tat er es, um einen Toten zu untersuchen.

Dabei befürchtete er nicht, irgendwelche Spuren zu verwischen, weil es schlichtweg kaum welche gab. Der Strand sah fast unberührt aus. Allerdings wirklich nur fast, denn es hatte den Anschein, als wäre da nachgeholfen worden.

Irgendjemand hatte über Nacht den Frachtcontainer geplündert. Und dieser Jemand hatte dafür gesorgt, dass seine Spuren am Strand nicht zurückverfolgt werden konnten.

Aber hatte diese Person auch getötet, um an den Container zu gelangen? Alles sprach im Moment dafür.

Kolbe watete in das Wasser. Die kalte Flut umspülte seine Zehen und kroch dann schnell über seine Knöchel bis zu den Wadenbeinen hinauf.

Dann hatte er den Container erreicht. Kolbe registrierte beiläufig, dass der Behälter voll Wasser gelaufen war. Die seitliche Klappe stand nun offen. Sowohl dort als auch am Gestell des Containers waren deutlich Schrammen und Spuren von abgeblättertem Rost erkennbar. Schlagartig kam dem Kommissar Baldo Vreedes Brechstange in den Sinn.

Das eigentliche Augenmerk Kolbes lag allerdings auf etwas ganz anderem.

Holger Jacobsen.

Er saß direkt vor ihm. Das Wasser umspülte seinen Bauch und hatte sich in seine Kleidung gesogen. Der leichte Wind ließ das schüttere Haar des Zollinspektors aufwehen.

Der Anblick der Austrittswunde war alles andere als angenehm. Kolbe verzog das Gesicht, als er die blutigen Spuren neben Jacobsens Leiche an der Containerwand betrachtete.

Der Kommissar beugte sich zu dem Toten herunter. An der rechten Schläfe waren deutlich Schmauchspuren zu erkennen, was auf einen aufgesetzten Schuss hindeutete.

Die Waffe, dachte Kolbe. Was war …

Sein Blick wanderte vom Kopf abwärts an der Leiche herunter.

Jacobsens Hände befanden sich unter der Wasseroberfläche.

Durch die Bewegungen des Wassers waren sie nur undeutlich zu erkennen, nichts als zwei helle, blasse Flecke.

Vorsichtig griff Kolbe nach Jacobsens rechtem Unterarm und zog ihn aus dem Wasser. Es war, wie er vermutet hatte. Der Zollinspektor hielt noch immer seine Dienstwaffe in der Hand. Fest umklammert, als wäre sie das Letzte, von dem er sich jemals hatte trennen wollen.

Das alles war ein Fall für die Kollegen von der Spurensicherung, die Gesa Brockmann bereits verständigt haben würde.

Kolbe ließ den Arm des Toten vorsichtig wieder los. Noch immer stand er vornübergebeugt da und blickte dem Toten jetzt direkt ins Gesicht. Etwas daran fiel Kolbe auf, etwas, das sich zwischen den Lippen Jacobsens befand. Zunächst dachte der Kommissar an einen hervorstehenden Schneidezahn, aber es war keiner. Auf der Unterlippe des Zollinspektors klebte der Rest eines Bonbons. Kolbe glaubte sogar, noch den schwachen Geruch von Pfefferminz wahrzunehmen. Vielleicht konnten die Jungs von der Spurensicherung etwas damit anfangen.

So oder so: Der Tod Jacobsens würde Fragen aufwerfen. Sollten sie etwa annehmen, er habe sich selbst erschossen? Zumindest sah es im Augenblick so aus, und Kolbe wusste, dass diese Möglichkeit nicht kategorisch auszuschließen war.

Mit einem Mal fiel ihm das Geräusch ein, das er in der Nacht zu hören geglaubt hatte. War das der Schuss gewesen, der Jacobsens Leben ausgelöscht hatte?

Mit dieser Frage kehrte Kolbe an den Strand zurück. Nachdenklich blickte er zu Frahm hinüber, der Kaffee aus dem Plastikaufsatz der Thermoskanne trank. Dampf stieg kräuselnd daraus auf.

Der Gedankenapparat des Kommissars war bereits in Bewegung gesetzt, als er diese Szene beobachtete.

Rademacher. Hillmann.

Vreede?

Was war eigentlich mit Jacobsen selbst los gewesen? Was wussten sie von ihm? So gut wie gar nichts. Ebenso wenig wie von Frahm.

Etwaige Angehörige mussten verständigt werden. Der Baufirma sollte auch noch jemand absagen, falls sich die Leute nicht schon auf den Weg gemacht hatten.

Und dann war da ja auch noch die Sache mit dem geplünderten Container.

Am Strand stehend drehte Kolbe sich noch einmal zu dem Toten um. Eine Menge Arbeit lag vor ihnen.

Und das würde alles andere als angenehm werden.

Kapitel 9

Kommissar Kolbe wartete das Eintreffen der Spurensicherung ab, ein Pulk von sieben Mitarbeitern, der inklusive des benötigten Equipments mit einem Polizeiboot vom Festland übersetzte. Zeitgleich traf auch Enno Dietz ein, der Kolbe am Fundort der Leiche ablösen sollte.

Der junge Beamte starrte auf den blassen Jacobsen, dessen Körper von seichten Wellen umspült wurde. Noch immer wirkte es so, als ruhte sich der Zollinspektor aus, wenn auch auf eine reichlich makaber anmutende Weise.

»Glauben Sie, dass er es selbst getan hat?«

Kolbe drehte sich zu Enno um. »Glauben ... das ist eine ziemlich komplizierte Sache. Vielleicht sollen wir genau das glauben, was wir sehen, Enno. Möglicherweise hat es sich aber auch tatsächlich genauso abgespielt.« Der Kommissar zuckte mit den Achseln und klopfte seinem Kollegen im Gehen auf die Schulter. »Halten Sie hier die Stellung und sagen Sie den Leuten, dass wir die Laborberichte so schnell wie möglich brauchen. Naja, das Übliche halt.«

»Geht klar, Herr Kommissar.«

Kolbe schwang sich auf sein Fahrrad und machte sich auf den Weg zurück zur Dienststelle. Unterwegs begegnete er dem Elektrokarren des Inselbäckers, der von seiner Auslieferungstour zurückkehrte. Der Kommissar grüßte den Mann im Innern und wurde gleichzeitig an das einzige Mal in seinem Leben erinnert, an dem er in so einem Fahrzeug gesessen hatte.

Kolbe verscheuchte die Gedanken. Er benötigte jetzt einen klaren Kopf.

Auf seinem Weg registrierte er, dass noch immer nahezu alle Urlauber am Strand zu finden waren. Sicher auch, um ein kühlendes Bad in der Nordsee zu nehmen, allerdings offenbar vorwiegend, um weiter nach nagelneuen Schuhen Ausschau zu halten, die langsam knapp zu werden schienen.

Zudem hatten zwei Mitarbeiter des Ordnungsamtes damit begonnen, restliche Exemplare sozusagen offiziell einzusammeln. Dies führte wiederum zu einem Wettbewerb von ungeahnten Ausmaßen. Jeder schien noch schnell ein Schnäppchen machen zu wollen.

Nahezu jeder Gast, dem Kolbe begegnete, hatte sich Schuhe in den Gepäckträger seines Fahrrades geklemmt oder trug sie stolz vor sich her. Das Sammelfieber griff mehr und mehr um sich. Langeoog stand kopf.

Und Kolbe befand sich mitten im Anfang eines Mordfalls. Am späten Vormittag fand er sich wieder im Dienstgebäude ein.

Gesa Brockmann stand mit hochrotem Kopf im Korridor und telefonierte mit einem Schnurlostelefon. Kurz nachdem sie Kolbe gesehen hatte, legte sie auf und kam ihm mit kraftvollen Schritten entgegen.

»Haben wir schon ein paar brauchbare Informationen?«, fragte sie und hielt das Telefon in die Höhe. »Ich habe gerade mit Jacobsens Vorgesetzten in Oldenburg gesprochen. Er wollte alles stehen und liegen lassen und sich sofort auf den Weg hierher machen. Ich habe ihn davon abhalten können. Der hätte uns hier gerade noch gefehlt. Also, was ist? Gibt es schon Erkenntnisse über den genauen Todeszeitpunkt?«

»Die Kollegen sind ja vorhin erst eingetroffen«, gab Kolbe zu bedenken. »Alles, was wir im Moment sagen können, ist, dass der Tod zwischen kurz nach zwei und halb sechs Uhr morgens eingetreten ist.«

»Frahm hat ihn zuletzt gesehen, nehme ich an?«

»Ja«, antwortete Kolbe. »Ich habe ihn schon befragt. Er wird später noch herkommen, um seine Aussagen zu Protokoll zu geben.«

Kolbe warf einen Blick in das Büro, das er sich mit Rieke Voss teilte. Die Tür stand halb offen und ließ die junge Kommissarin an ihrem Platz erkennen. Auch sie telefonierte, fing Kolbes Blick auf und gab ihm ein Handzeichen.

Gesa Brockmann hatte ebenfalls Notiz davon genommen. »Frau Voss versucht gerade, die Angehörigen zu erreichen. Jacobsens Frau. Immer eine undankbare Aufgabe, sowas.«

Sie hörten Riekes Stimme aus dem Büro dringen. Kurz darauf legte die Kommissarin auf, erhob sich von ihrem Platz und kam näher.

»Ziemlich hektischer Morgen«, sagte Kolbe zur Begrüßung.

Rieke Voss blickte ihn leicht irritiert an. »Ich weiß ja nicht, wie es bei Ihnen aussieht, aber meine Tage fangen alle hektisch an. Ich habe einen fünfzehnjährigen Sohn zu Hause, den ich jeden Morgen davon überzeugen muss, aufzustehen, etwas zu essen und dass die Schule gar nicht so uncool ist, wie er immer behauptet.«

»Bin ich froh, dass mir wenigstens das erspart geblieben ist«, erklärte Gesa Brockmann. Sie tippte sich nachdenklich die Spitze des Schnurlostelefons gegen das Kinn. »Mit zwei Ehemännern war es allerdings auch nicht viel besser. Waren auch oft wie die Kinder. Und sind es teilweise noch. Haben Sie Jacobsens Frau erreichen können, Rieke?«

Die Kommissarin nickte und hielt einen Zettel in die Höhe, auf dem sie offenbar eine Adresse notiert hatte. »War gar nicht so einfach, etwas herauszubekommen. Jasmin Jacobsen war nämlich nicht auf der Arbeit, weil sie momentan gerade Urlaub hat.«

»Auch das noch«, entfuhr es der Chefin. »Verreist?«

Rieke nickte. »Dreimal dürfen Sie raten, wo sie sich gerade aufhält.«

Gesa Brockmann und Gerret Kolbe tauschten einen leicht irritierten Blick miteinander.

»Keine Ahnung«, antwortete ihre Vorgesetzte schließlich. In der nächsten Sekunde wurden ihre Augen groß. »Doch nicht etwa …«

»Doch«, fuhr Rieke dazwischen. »Sie ist hier auf Langeoog. In einer Apartmentanlage. Gestern Nachmittag hier angekommen.«

»Ist sie ihrem Mann etwa nachgereist?«, fragte Gesa Brockmann. Sie betonte jedes einzelne Wort so, als sei diese Vorstellung für sie vollkommen abwegig.

»Es kommt sogar noch besser«, verriet die Kommissarin. »Sie ist nicht allein hier, sondern in Begleitung ihres Bruders.

Ein Mann namens …«, sie warf einen kurzen Blick auf ihren Notizzettel, »Dirk Tremper.«

»Das bedeutet also, die beiden waren auf der Insel, als der Mord passiert ist«, sagte die Chefin. Sie hob sofort beschwichtigend die Hände. »Jaja, ich weiß, offiziell dürfen wir noch gar nicht von einem Mord sprechen. Tue ich auch nur Ihnen beiden gegenüber. Aber mal ehrlich, ich meine … es würde mich sehr überraschen, wenn bei der Untersuchung etwas anderes rauskäme.«

»Die beiden wissen auf jeden Fall, dass wir sie dringend sprechen wollen«, erklärte Rieke Voss. »Wir können jetzt gleich zu ihnen.«

»Tun Sie das«, antwortete ihre Vorgesetzte. »Ich möchte, dass Sie beide das zusammen erledigen. Haben wir außerdem noch andere Ansatzpunkte?«

Kolbe berichtete vom spätabendlichen Besuch des Apothekers und des Lehrers bei dem Container.

»Rademacher und Hillmann?«, fragte Gesa Brockmann nachdenklich.

»Ich hatte vor, den beiden einen Besuch abzustatten«, sagte Kolbe. »Es sei denn, Sie wollen das übernehmen.«

Die Dienststellenleiterin schien diesen Gedanken tatsächlich für einen Moment in Erwägung zu ziehen, dann jedoch schüttelte sie energisch den Kopf.

»Nein, nein, besser, Sie beide machen das. Am besten gleich, nachdem Sie bei Jacobsens Frau waren.«

Das Telefon in Gesa Brockmanns Hand klingelte. Sie blickte kurz auf das Display und drückte dann die grüne Hörertaste.

»Ja, Enno, was gibt's?«

Kolbe und Rieke Voss hörten die undeutliche Stimme ihres Kollegen durch das Telefon. Sie klang einigermaßen aufgeregt.

»Shit«, flüsterte Gesa Brockmann, »aber das war ja wohl zu erwarten.« Sie bedeckte das Mikrofon mit ihrer Handfläche, als sie sich den Inselkommissaren zuwandte. »Das Fernsehteam hat Wind von dem Todesfall bekommen. Fahren Sie beide los, und halten Sie mich auf jeden Fall auf dem

Laufenden. Wäre in jedem Fall gut, wenn wir so schnell wie möglich ein paar belastbare Ergebnisse bekämen.«

Damit drehte sich Gesa Brockmann um und schritt den Korridor weiter hinunter. »Ja, Enno, das verstehe ich! Aber Sie geben keinerlei Kommentar ab, klar? Wir befinden uns noch am Anfang der Ermittlungen. Machen Sie das der Bande klar.«

Rieke Voss wandte sich Kolbe zu. »Bereit?«

»Immer«, antwortete Kolbe.

Sie verzog das Gesicht. »Wenn das jetzt so eine Macho-Antwort sein soll …«

Kolbe stöhnte auf und hob die Hände halb hoch. »Ich weiß, unser Start hier auf der Insel war nicht gerade etwas, was einer dicken Freundschaft gleichkommt, aber schaffen wir es vielleicht noch, eine halbwegs vernünftige Unterhaltung zu führen, ohne dass einer von uns das Gefühl haben muss, dass der andere ihm gleich an die Gurgel geht?«

Sie sah ihm intensiv in die Augen.

»Warum nehmen Sie sich nicht einfach ein Beispiel an uns Friesen? Man sagt uns nach, wir seien alle ziemlich unkompliziert.«

Damit ließ sie ihn stehen, klaubte ihre Uniformmütze vom Tresen und marschierte den Korridor Richtung Ausgang hinunter.

»Und Sie sind sich sicher, dass Sie ein friesisches Musterexemplar sind?«

Kurz vor Erreichen des kleinen Vorraums blieb Rieke Voss vor dem schmalen, länglichen Wandspiegel stehen und rückte ihre Mütze zurecht. Sie sah an sich herunter, nickte anerkennend und antwortete in Richtung ihres Kollegen: »Jau!«

Kolbe seufzte und machte sich daran, ihr zu folgen.

Draußen bei den Rädern hatte er sie eingeholt.

»Zum Apartmenthotel also, ja?«

»Ja«, antwortete Rieke Voss knapp, während sie sich auf den Sattel schwang. Grinsend drehte sie sich zu ihm um. »Finden Sie den Weg allein, oder soll ich auf Sie warten?«

Kolbe packte sein Rad, schob es zwei Meter und blieb dann neben Rieke Voss stehen. »Wie hält es Ihr Freund eigentlich mit Ihnen aus? Oder haben Sie auch noch eine andere, eine nettere Seite, von der ich nichts weiß?«

»Schon«, räumte sie ein. »Aber die kann ich ganz gut verbergen, solange ich im Dienst bin.«

»Was Sie laut sagen können.«

Rieke Voss ließ sich nicht beirren. »Joost wird schon wissen, was er an mir hat.«

»So heißt der sympathische Sonnyboy von der Fähre also«, antwortete Kolbe.

»Haben Sie das nicht gewusst? Oder kennen Sie nicht alle Kerle, die Sie zusammenschlagen, mit Namen?«

Sie fuhren beide gleichzeitig an und schlugen den Weg zur Apartmentanlage ein.

Kurz bevor sie das Gebäude erreichten, kam Kolbe ein Gedanke. »Jacobsens Frau hat doch sicher schon von dem Todesfall ihres Mannes gehört, oder?«

Rieke Voss ließ ihr Rad ausrollen, stieg vom Sattel und befestigte es mit einem Schloss an einem eisernen Fahrradständer.

»Sie hat bisher keine Ahnung davon. Und am Telefon habe ich ihr die Nachricht nicht übermitteln wollen. Das steht uns beiden also noch bevor.«

»Na großartig«, murmelte Kolbe und blickte zu den Eingangsstufen des Hotels hinüber. Das würde ein schwerer Gang werden.

Kapitel 10

»Tot?«

Dieses eine Wort nur wehte über die Terrasse der Apartmentanlage wie ein geisterhafter Hauch. Die Leute vom Nebentisch, die gerade aufbrachen, sahen irritiert zu der Frau hinüber, die es ausgestoßen hatte.

Kolbe und Voss warteten ab, bis die Familie fort war und sie diesen Abschnitt des Außenbereichs für sich hatten.

Jasmin Jacobsen saß ihnen gegenüber. Eine schlanke, dunkelhaarige Frau mit fast zerbrechlich wirkenden Gliedmaßen und einem ebensolchen Gesicht, das im Profil Ähnlichkeit mit dem Abbild griechischer Göttinnen hatte. Eine Schönheit, zweifellos. Wenngleich auch auf eine bestimmte Weise unnahbar, wie Kolbe fand. Es kam ihm vor, als würde sich Jasmin Jacobsen hinter einer Maske verschanzen, die sie sich zuvor bei einem Theater geliehen hatte.

»Aber … ich verstehe das nicht«, fuhr sie fort. »Wie ist denn das passiert?«

Die Inselkommissare wechselten einen kurzen Blick miteinander. Kolbe nickte dabei seiner Kollegin zu.

Rieke Voss beugte sich in ihrem Rattanstuhl ein Stück weit nach vorne.

»Man hat ihn heute Morgen tot am Strand gefunden. Halb im Wasser sitzend, bei einem Frachtcontainer, den er über Nacht bewacht hat. Ihr Mann ist durch eine Kugel in den Kopf gestorben, Frau Jacobsen. Und dabei ist leider noch nicht klar, ob es sich um einen Suizid handelt oder ob Fremdeinwirkung vorliegt.«

»Was soll das heißen … noch nicht klar?«, fragte der Mann neben der Dunkelhaarigen.

Dirk Tremper war schätzungsweise fünf Jahre jünger als seine Schwester, ein Mann von Mitte dreißig. Blondes, gelocktes Haar, eine ausgeprägte Nase, wache Augen und auch bei ihm der filigrane Knochenbau und das sorgsam modellierte Gesicht, als sei es aus Ton geformt oder mit einer Schicht Wachs überzogen.

»Das soll heißen, dass uns der Laborbericht mit den endgültigen Ergebnissen noch nicht vorliegt«, erklärte Kolbe und schob sofort hinterher: »Wir ermitteln daher im Augenblick in beide Richtungen.«

Tremper schien diese Aussage nicht sonderlich zu gefallen. Er machte keinen Hehl aus seiner Abneigung gegen die Beamten. Er saß auf seinem Stuhl, in einem altmodischen, aber dennoch tadellosen cremefarbenen Anzug, das rechte Bein über das linke geschlagen. Sein Blick unterhalb der hochgezogenen Augenbrauen zeugte von Arroganz.

Auch Rieke Voss hatte die ablehnende Haltung des Mannes bemerkt. Allerdings schien es sie nicht weiter zu bekümmern. »Nach meinen Informationen«, sagte sie, wobei sie oberflächlich auf den winzigen Notizzettel in ihrer Hand blickte, »wohnen Sie, Frau Jacobsen, in Oldenburg und Sie …«, die Kommissarin sah Tremper direkt in die Augen, »in Bremen. Darf ich fragen, was Sie derzeit auf Langeoog tun?«

»Ich weiß zwar nicht, warum das für Sie von Belang ist«, antwortete Tremper leicht nasal, »aber bitte: Meine Schwester und ich sind meinem Schwager hierher nach Langeoog gefolgt, um einige wichtige familiäre Angelegenheiten zu besprechen.«

»Was für Angelegenheiten?«, fragte Kolbe dazwischen.

Trempers Augen verengten sich zu schmalen Schlitzen. »Angelegenheiten rein privater Art, Herr Kommissar.«

Kolbe senkte leicht den Kopf und lächelte in sich hinein. *Was für ein eingebildeter Fatzke*, dachte er. Laut fügte er hinzu: »Wie bereits erwähnt, können wir zum derzeitigen Augenblick ein Gewaltverbrechen nicht ausschließen. Es wäre daher von Vorteil, wenn Sie alle unsere Fragen beantworten würden.«

»Herr … Kommissar«, entgegnete Dirk Tremper mit erhobenem Ton, »ich weiß nicht, ob Sie darüber informiert sind, dass …«

In diesem Moment legte ihm Jasmin Jacobsen ihre linke Hand auf den Unterarm. »Lass gut sein, Dirk. Ich denke, wir sollten besser kooperieren.«

Er breitete die Hände auseinander und legte den Kopf leicht schief. »Deine Entscheidung, Jasmin. Aber denk dran: Du musst das nicht tun. Niemand kann dich zu einer Aussage zwingen.«

Die Dunkelhaarige warf ihrem Bruder einen milden, fast gütigen Blick zu, bevor sie nacheinander die Inselkommissare ansah. »Mein Bruder und ich sind auf diese Insel gekommen, um mit meinem Mann die Scheidung zu besprechen. Wir … hielten es für eine gute Idee, dies auf einem neutralen Grund zu tun.«

Das war immerhin eine Überraschung, fand Kolbe. Gleich darauf revidierte er jedoch seine Meinung. Eine Frau wie diese Schönheit und ein Mann wie Holger Jacobsen … das wollte nicht wirklich zusammenpassen. Es begann bereits mit dem Altersunterschied. Sie war gut und gerne zehn Jahre jünger als ihr verstorbener Mann, wenn nicht sogar mehr.

»Wusste Ihr Mann von diesem Vorhaben?«, fragte er.

Die Dunkelhaarige schüttelte den Kopf. »Nein. Ich meine, er wusste genau wie ich, dass unsere Ehe auf eine Trennung hinauslief, aber dass wir vorhatten, es ihm hier zu erklären … das hat er nicht gewusst.«

»Sie sind gestern gegen vierzehn Uhr dreißig hier angekommen«, fuhr Rieke Voss fort. »Zumindest haben Sie um die Zeit hier im Hotel eingecheckt. Sie sagten gerade, Ihr Mann wusste nichts von diesen konkreten Absichten. Das bedeutet also, dass Sie ihn gar nicht mehr gesehen haben? Hier auf Langeoog, meine ich.«

»Ich habe ihn nicht mehr gesehen, nein«, antwortete die Witwe.

»Das trifft auch für Sie zu, Herr Tremper? Es fand hier keine Begegnung mehr zwischen Ihnen und Herrn Jacobsen statt?«

»Ich weiß wirklich nicht, was Sie mit diesen Fragen bezwecken. Aber nein, auch ich habe meinen Schwager nicht mehr gesehen. Meine Schwester und ich haben versucht, ihn gestern Abend telefonisch zu erreichen, aber er ist nicht an sein Handy gegangen.«

»Tut mir leid, wenn ich da nochmal nachhaken muss«, schaltete sich Kolbe ein, »aber woher wussten Sie eigentlich, dass sich Jacobsens Aufenthalt hier auf der Insel verlängern würde? Das war doch nicht mal für ihn selbst abzusehen, als er hierherbeordert worden ist.«

»Mein Mann rief mich von hier aus an, um mir zu sagen, dass es länger dauern würde.«

»Und da fassten Sie beide den Plan, hierher zu fahren, um hier mit ihm zu sprechen, ist das richtig?« Rieke Voss tippte mit einem Kugelschreiber auf ihrem Notizzettel herum.

»Ja«, gab Tremper zurück. »Es mag für Sie beide merkwürdig erscheinen, aber dieses Gespräch zwischen meiner Schwester und meinem Schwager war unvermeidbar. Wir beide wollten es so schnell wie möglich hinter uns bringen.«

»Sie sprechen oft im Plural«, stellte die Kommissarin fest. »Daher gestatten Sie mir bitte die Frage, Herr Tremper, welche Rolle Sie bei diesem Gespräch gespielt hätten oder in der Ehe Ihrer Schwester spielen.«

»Diese Frage geht entschieden zu weit und hat nichts mit dem Tod meines Schwagers zu tun«, eiferte sich Dirk Tremper. Er beugte sich nach vorne, auf Rieke Voss zu.

»Ich beabsichtige nicht, darauf zu antworten.«

»Gut«, lenkte die Ermittlerin ein, »wenn es Sie so sehr stört, ziehe ich diese Frage zurück. Stattdessen würde ich gerne wissen, was Sie beruflich machen.«

»Da ich davon ausgehe, dass Sie bereits entsprechende Erkundigungen in diese Richtung eingezogen haben, kann ich Ihnen bestätigen, dass ich als selbstständiger Immobilienmakler tätig bin. Ich betreibe seit fast fünf Jahren in Bremen ein Büro.«

»Und Sie, Frau Jacobsen?«, hakte Rieke nach.

Die Angesprochene lächelte flüchtig. »Ich habe keine regelmäßige Arbeit. Ich helfe hin und wieder einer Freundin in ihrem Geschäft. Sie betreibt eine kleine Damenboutique in Oldenburg.«

»Danke«, sagte Rieke Voss mit einem Lächeln, das zu Kolbes Verblüffung einigermaßen bezaubernd wirkte.

»Vielleicht eine Sache noch«, schob die Inselkommissarin hinterher, »war Ihr Mann vermögend?«

Jetzt war es Jasmin Jacobsen, die lächelte. Wenn auch auf eine andere Art. Es war ein vorgeschobenes Lächeln, eines, das die Wirkung einer Maske noch verstärkte. »Wie darf ich Ihre Frage verstehen?«

»Nun … besaß Ihr Mann finanzielle Mittel, Grundstücke, Häuser, Wertgegenstände, die bei einer möglichen Scheidung in die rechtliche Betrachtung eingeflossen wären?«

Kolbe registrierte aus den Augenwinkeln, wie Tremper abermals auffahren wollte. Dieses Mal jedoch war Jasmin Jacobsen schneller. Sie verstärkte einfach den Druck ihrer Hand, die noch immer auf seinem Unterarm lag.

Erstaunlich, dachte Kolbe, wie viel Macht diese zarte Person über einen Mann wie Tremper zu haben schien.

»Mein Mann hatte keinen rechten Bezug zu finanziellen Dingen. Zudem gab es sein Gehalt nicht her. Soviel ich weiß, besaß er lediglich ein Aktiendepot mit lauter wertlosen Papieren.«

»Ich verstehe«, antwortete Rieke. »Frau Jacobsen, meine letzte Frage ist tatsächlich fast privater Natur und zudem noch sehr spekulativ. Sie müssen sie nicht beantworten, wenn Sie nicht wollen.«

Das Gesicht der Dunkelhaarigen nahm wieder gütige Züge an. Sie nickte der Kommissarin zu. »Fragen Sie.«

»Was denken Sie: Hätte Ihr Mann in eine Scheidung eingewilligt?«

Die frischgebackene Witwe schien diese Frage sehr ernst zu nehmen, jedenfalls dachte sie lange über die Worte nach und blickte währenddessen auch ihren Bruder an, dessen Miene versteinert war.

»Ich will ehrlich zu Ihnen sein«, sagte Jasmin Jacobsen schließlich. »Ich weiß es nicht. Würden Sie mich auf eine Entscheidung festnageln, würde ich behaupten: Nein.

Aber …«, sie setzte wieder jenes dünne, zerbrechliche Lächeln auf, »diese Frage ist ja ohnehin hypothetisch, nicht wahr?«

»Hypo…«, machte Rieke und starrte hilfesuchend zu Kolbe hinüber.

»Ist sie«, half der Kommissar aus und erhob sich im selben Moment. »Wir danken Ihnen dennoch, dass Sie sie beantwortet haben. Danke auch für Ihre Kooperation, Herr Tremper.«

»Was wollen Sie damit …«

»Bitte halten Sie sich noch zu unserer Verfügung«, fuhr Kolbe hastig fort. »Möglich, dass sich noch weitere Fragen ergeben. Aber dann wissen wir ja immerhin, wo wir Sie finden.«

Dirk Tremper warf dem Kommissar einen giftigen Blick zu.

»Was passiert denn jetzt?«, wollte Jasmin Jacobsen wissen.

»Wir werden Sie über die Ergebnisse unserer Ermittlungen auf dem Laufenden halten«, versprach Rieke Voss.

Die Inselkommissare verabschiedeten sich von den beiden und kehrten zu ihren Fahrrädern vor dem Hotel zurück.

»Lieber Himmel, was war das denn gerade?«, entfuhr es Rieke dabei.

»Was meinen Sie?«

»Das fragen Sie noch? Die beiden waren ja nicht von dieser Welt. Irgendwie … keine Ahnung … als ob die in einem anderen Jahrhundert stehengeblieben wären. Vor allem Tremper.«

»Ein sympathisches Bürschchen«, antwortete Kolbe feixend. »Ich kann mir nicht vorstellen, dass der sich gut mit Jacobsen verstanden hat.«

»Ich auch nicht«, pflichtete Rieke bei. »Das geht gar nicht. Die passen alle überhaupt nicht zusammen. Könnte nicht schaden, mehr über die beiden in Erfahrung zu bringen. Ich glaube nämlich, dass sie uns längst nicht alles erzählt haben.«

»Wir könnten Enno darauf ansetzen«, schlug Kolbe vor. »Ich glaube, er ist ganz geschickt in solchen Dingen.«

»Vorausgesetzt, dass er schon wieder zurück ist. Außerdem ist da ja noch die Sache mit dem geplünderten Container.«

»Ich dachte, um die wollte sich die Chefin kümmern«, antwortete Kolbe.

Sie hatten die Räder erreicht und lösten die Schlösser. Rieke Voss hielt ihres gedankenverloren fest. »Glauben Sie, dass der Mord mit dem Container in Verbindung steht?«

»Jetzt reden Sie auch schon von einem Mord«, gab Kolbe zu bedenken.

»Tun wir das nicht insgeheim alle? Also, was ist, Kolbe? Wurde Jacobsen umgebracht, weil etwas mit dem Container nicht stimmte, weil er jemanden beim Plündern erwischt hat, oder … spielen da andere Dinge, von denen wir noch nichts wissen, eine Rolle?«

Kolbe machte dicke Backen und ließ anschließend die Luft daraus geräuschvoll entweichen. »Haben Sie es für den Anfang nicht 'ne Nummer kleiner? Wir wissen ja noch nicht mal, was in dem verdammten Ding drin gewesen ist.«

»Auch eine Sache für Enno«, entschied Rieke. »Und vielleicht können die Jungs von der Spusi noch was dazu sagen.«

»Ja, hoffentlich«, sagte Kolbe nachdenklich. »Es ist nämlich kein schönes Gefühl, so vollkommen ahnungslos im Dunkeln zu tappen.«

»Das passiert Ihnen wohl häufiger, hm?«, feixte Rieke. »Haben Sie sich deswegen von Kiel hierher versetzen lassen?«

»Ich wusste, dass Sie diese Steilvorlage ausnutzen würden«, antwortete Kolbe.

Die Kommissarin verstaute das Fahrradschloss und packte ihren Lenker mit beiden Händen. Sie grinste zu ihrem Kollegen hinüber. »Vielleicht sollten Sie einfach ein bisschen besser an Ihrer Deckung arbeiten.«

Rieke Voss schwang sich auf ihr Rad und fuhr im selben Moment an.

»Jetzt warten Sie doch schon auf mich«, rief Kolbe hinterher. Murmelnd fügte er hinzu: »Immer muss sie überall die Erste sein.«

Kapitel 11

Als sie die Tür zur Apotheke öffneten, wurden sie durch das warme Klingeln einer Glocke über der Tür begrüßt.

Der geräumige Verkaufsraum dahinter machte auf den ersten Blick einen düsteren Eindruck, was jedoch an der alten, stilvollen Holzvertäfelung lag. Der wuchtige Verkaufstresen war aus demselben Material gefertigt und glänzte in dem durch das Schaufenster einfallende Sonnenlicht rotbraun.

Dahinter befanden sich mehrere, bis an die Decke reichende Regale mit unzähligen kleinen Schubladen und Fächern.

Wieder ertönte die Klingel, als Kolbe die Tür hinter sich ins Schloss drückte.

Es befanden sich lediglich zwei Personen im Raum. Der Apotheker Rademacher selbst stand in tadellosem und blütenweißem Kittel bei der vorsintflutlichen Registrierkasse und unterhielt sich mit einer etwas verhärmt aussehenden blonden Frau um die fünfzig.

Beide unterbrachen ihre Unterhaltung und blickten die beiden Beamten an, die sich ihnen näherten.

Rademacher begegnete den Kommissaren mit einem interessierten Blick. Er machte ein freundliches Gesicht, strich sich seinen Schnauzbart glatt und legte beide Hände auf den Verkaufstresen.

Kolbes Blick fiel auf die sorgsam manikürten Fingernägel des Mannes.

»Moin, moin«, grüßte der Ladeninhaber, während er von Rieke Voss zu Kolbe blickte. »Heute gleich im Doppelpack? Was kann ich denn für unsere beiden neuen Ordnungshüter tun?«

»Moin, Herr Rademacher«, sagte Rieke. »Wenn ich es nicht vergesse, nehme ich nachher noch eine Flasche Sonnenmilch mit. Die aus dem Schaufenster, Lichtschutzfaktor zwanzig.«

»Natürlich«, antwortete Rademacher lächelnd. »Sehr gern. Nachher bedeutet ... was?«

»Es bedeutet, dass wir dienstlich hier sind und ein paar Fragen an Sie haben«, stellte Kolbe klar. Dabei blickte er zu der blonden Frau hinüber, die Kolbe zwar vage vertraut vorkam, deren Namen er jedoch nicht kannte.

Rademacher fing diesen Blick auf und hob beschwichtigend die Hände. »Oh, ich habe vor Frauke keine Geheimnisse. Sie kennen sich doch, nehme ich an? Frauke Ritter vom Textilladen an der Promenade.«

»Wir hatten bisher noch nicht das Vergnügen«, erklärte der Kommissar und nickte der Frau zu. Sie erwiderte seinen Gruß.

»Nun ja, also«, fuhr Rademacher fort, »was immer Sie mit mir zu besprechen haben, kann Frau Ritter meinetwegen gerne hören. Es geht vermutlich ohnehin um die gestrigen Ereignisse, nehme ich an?«

»Welche meinen Sie genau?«, fragte Rieke.

Rademacher bewegte seinen Kopf in ihre Richtung. »Na, die von gestern früh. Der Steinwurf auf den Mann vom Zoll.«

»Dann wissen Sie es also noch gar nicht?«, hakte Rieke Voss nach.

Rademacher blinzelte leicht. »Was, bitte, sollte ich wissen?«

»Der Mann, von dem Sie gerade gesprochen haben«, half Kolbe aus, »ist tot. Holger Jacobsen wurde heute Morgen mit einer Kugel im Kopf aufgefunden.«

Dem Mann im weißen Kittel sackte die Kinnlade herunter. »Jacobsen ist erschossen worden? Ja, aber … vom wem? Ich meine … weiß man schon, wer es gewesen ist?«

»Nein«, gab Rieke Voss zurück. »Wir sind auf der Suche nach Personen, die Herrn Jacobsen zuletzt lebend gesehen haben.«

»Ich verstehe«, sagte Rademacher gedehnt. »Sie haben bereits mit Herrn Frahm gesprochen. Er hat Ihnen gesagt, dass ich gestern Abend noch zusammen mit Hillmann am Strand gewesen bin.«

»So ist es«, bestätigte Kolbe. »Was mich auch gleich zu meiner Frage bringt, was Sie beide mit diesem Besuch eigentlich bezweckt haben.«

»Hat er es Ihnen denn nicht gesagt?«

»Vielleicht würden wir es gern aus Ihrem Mund hören«, beharrte der Kommissar.

»Ja, gut, bitte«, gab der Apotheker zurück. Er suchte den Blick der Frau, die Kolbes Ansicht nach weit mehr als eine einfache Kundin war.

»Die Ereignisse von gestern Morgen haben ziemlich hohe Wellen geschlagen. Zumindest unter uns Einheimischen. Es … war nicht alles korrekt, was da abgelaufen ist.«

»Wovon genau sprechen Sie?«, fragte Kolbe.

Rademacher schürzte die Lippen. Seine Hände hielt er so fest auf die blanke Platte des Tresens gepresst, dass seine Fingerspitzen weiß waren. »Sie wissen schon … Vreedes ganzes Gehabe und wie er die Menge aufgewiegelt hat. Bis hin zu dem Steinwurf.«

»Wissen Sie, wer es gewesen ist?«, fragte Kolbe blitzschnell.

Rademacher machte große Augen. »Nein. Wie sollte ich? Zu dem Zeitpunkt war ich ganz in Ihrer Nähe, wenn ich mich recht erinnere.«

»Erzählen Sie weiter«, forderte Kolbe den Mann auf.

»Da gibt es im Grunde gar nicht mehr viel zu sagen. Wir haben uns gestern beraten und sind übereingekommen, dass sich jemand bei den Zollbeamten entschuldigen sollte. Und so sind Hillmann … Guido Hillmann, der Lehrer … und ich gestern Abend noch losgezogen. Vielleicht hat Ihnen Herr Frahm ja wenigstens gesagt, dass wir ein paar Präsente dabei hatten. Quasi als kleine Versöhnung.«

»Frahm sprach von Schnaps und Kuchen«, stellte Kolbe richtig.

»Na, sind das etwa keine Präsente?«, fragte Rademacher.

»Den Kuchen habe ich übrigens gebacken«, schaltete sich Frauke Ritter ein. Sie stand am Ende des Tresens und verfolgte das Gespräch sehr interessiert. »Es tut uns allen leid, was gestern passiert ist. Wir wollten es damit wieder gutmachen.«

»Sind Sie gestern auch am Strand gewesen?«, fragte Rieke Voss.

Die Ladenbesitzerin verneinte. »Aber das macht für mich keinen Unterschied. Ich bin auch Insulanerin, bin sogar hier auf der Insel geboren. Und so wie es gestern gelaufen ist, so konnten wir die Dinge nicht stehenlassen, verstehen Sie? Dass es jetzt zu einem Todesfall gekommen ist, ist natürlich entsetzlich. Eine Tragödie.«

Kolbe nickte. Wohl war ihm dabei allerdings nicht. Erneut wandte er sich an den Apotheker.

»Als Sie die beiden Männer vom Zoll gestern Abend verließen, welchen Eindruck haben die beiden da auf Sie gemacht?«

Rademacher wirkte irritiert. »Eindruck … welchen Eindruck. Ja, schwer zu sagen. Die beiden wirkten vollkommen normal auf mich. Ich glaube, dass Jacobsen gerade im Begriff war, zu gehen. Wegen der Wachablösung oder so. Wie auch immer. Als Hillmann und ich die beiden verließen, hatten wir den Eindruck, dass alles in Ordnung ist. Alles geklärt zwischen uns, wenn Sie verstehen, was ich meine.«

»Und weder Sie noch Hillmann sind vergangene Nacht nochmal an den Strand zurückgegangen? Um nach dem Container zu sehen, beispielsweise?«

Der Apotheker lachte leise auf. »Nein. Warum hätten wir das tun sollen?«

Kolbe lächelte. »Fällt Ihnen da wirklich kein Grund ein?«

Rademacher antwortete nicht. Er kniff lediglich seine Lippen aufeinander, bis sie annähernd so weiß waren wie seine Fingerspitzen.

»Der Container ist über Nacht ausgeraubt worden«, sagte Rieke Voss in die Stille hinein.

»Ausgeraubt«, wiederholte Frauke Ritter und betonte dabei jede einzelne Silbe so, als hätte sie das Wort gerade eben selbst erfunden.

»Allerdings«, bestätigte die Kommissarin. »Daher müssen wir Sie beide fragen, wo Sie letzte Nacht ab circa zwei Uhr gewesen sind.«

Rademacher erbleichte, während Frauke Ritter ein prustendes Lachen ausstieß. »Ist das wirklich Ihr Ernst, Mädchen?«

Rieke Voss setzte ihre Uniformmütze ab und trat einen Schritt auf Frauke Ritter zu. »Ich würde mir wünschen, dass Sie diese Angelegenheit mit dem nötigen Ernst behandeln. Und mit ein wenig Respekt vielleicht, wenn es Ihnen nichts ausmacht.«

Die Ladenbesitzerin setzte ein süßliches Lächeln auf, das mindestens so falsch war wie ihr künstliches Blond. »Also bitte, wie Sie wollen. Zum Glück muss ich da nicht lange überlegen, denn um zwei Uhr nachts schlafe ich für gewöhnlich. So wie letzte Nacht. Ich muss nämlich morgens früh raus, wissen Sie? Mein Laden.«

»Und wie ist es mit Ihnen?«, wandte sich Rieke an den Apotheker.

»Na, hören Sie, für mich gilt selbstverständlich dasselbe. Was denken Sie denn? Dass ich mir nachts eine Augenklappe aufsetze und auf Raubzüge gehe?«

»Die Leute tun mitunter die ungewöhnlichsten Dinge«, antwortete Rieke gefährlich leise. »Vor allem nachts.«

Rademacher nahm seine Hände hoch. Kolbe erkannte, dass sie auf der Oberfläche des Tresens feuchte Abdrücke hinterlassen hatten.

»Also, wenn das Ihre Art ist, Ihre Ermittlungen zu betreiben«, sagte Rademacher, während er am oberen Knopf seines Kittels herumnestelte, »dann werden Sie sich auf der Insel kaum Freunde machen.«

Rieke Voss drehte sich zu ihm um. »Ach ja? Wäre es Ihnen lieber, wenn wir Ihre Freunde wären? Freunde halten zusammen, richtig? Gehen durch dick und dünn zusammen. Und vor allem können Sie eins richtig gut: Geheimnisse bewahren. Stimmt's?«

»Vielleicht wäre es besser, wenn Sie jetzt meine Apotheke verließen«, erwiderte Rademacher leise.

»Keine Sorge, das tun wir«, versprach Rieke. »Aber richten Sie sich besser darauf ein, dass wir früher oder später wiederkommen werden. Wer weiß? Vielleicht bringe ich Ihnen dann mein Poesie-Album mit. Ihnen fällt doch bestimmt ein hübscher Spruch ein. Moin, Frau Ritter. Moin, Herr Rademacher.«

Kolbe, der noch etwas hinzufügen wollte, verschloss seine Lippen, sah die beiden Einheimischen an und hob achselzuckend die Arme. *Was will man machen?*

»Ein ganz klein bisschen vorsichtiger hätten Sie die beiden schon anpacken können«, sagte er, als sie wieder draußen bei ihren Rädern waren.

»Sie hat Mädchen zu mir gesagt«, presste Rieke hervor.

»*Mädchen!*« Die Kommissarin schnaubte verächtlich. »Als ob sie ein junges Gör von der Polizeischule vor sich hat.«

Kolbe grinste. »Naja, so alt sind Sie ja nun …«

Sie hob abwehrend die Arme und brachte ihn damit zum Schweigen. Sie packte den Lenker ihres Fahrrads so heftig an, dass die Klingel empört klirrte.

»Ist Ihnen nicht aufgefallen, dass die beiden uns irgendwas vorgespielt haben?«, fragte Rieke schließlich, als sie abfahrbereit war. »Oder dass Rademacher die ganze Zeit über nervös gewesen ist?«

»Doch, schon«, lenkte Kolbe ein.

»Die beiden wussten von Jacobsens Tod, jede Wette.« Sie deutete mit dem rechten Daumen hinter sich. »Das da drinnen war ganz billiges Schmierentheater.«

»Ja, möglich. Wahrscheinlich sogar. Was schlagen Sie als Nächstes vor?«

Rieke Voss hielt für einen Moment inne und nagte nachdenklich an ihrer Unterlippe. »Uns wird vermutlich nichts anderes übrigbleiben, als sie alle nacheinander abzuklappern. Alle, die gestern Morgen am Strand dabei waren.«

»Damit dürften wir ungefähr bis zum dritten Advent durch sein«, gab Kolbe zurück.

Rieke Voss quittierte seine Aussage mit einem funkensprühenden Blick. »Andere Vorschläge werden gerne angenommen, Mister Sherlock Holmes.«

Kolbe deutete eine Verbeugung an. »Selbstverständlich füge ich mich Ihren geschätzten Plänen, verehrte Jane.«

»Gut«, erwiderte Rieke und nickte ihrem Kollegen anerkennend zu. »Mein nächster Kandidat ist Vreede. Nach dem, was Sie mir von dem erzählt haben, ist er ein heißer Anwärter.«

»Meiner ist Hillmann«, schlug Kolbe vor.

»Und jetzt? Knobeln wir?«

Kolbe schüttelte den Kopf. »Wir nehmen Vreede. Und falls er mit dem Boot draußen ist, wovon ich ausgehe, können wir immer noch zu Hillmann fahren.«

»Nicht schlecht«, räumte sie ein. »Sie können ja richtig rational denken, wenn Sie wollen.«

»Und das, obwohl ich ein Mann bin, richtig?«, gab er zurück.

»Stimmt.« Sie schien über irgendetwas nachzudenken. »Eins noch«, sagte sie, als Kolbe sich gerade auf den Sattel schwingen wollte. »Wer ist Jane?«

Er sah sie irritiert an. »Na, Miss Marple. Miss Jane Marple.«

Rieke Voss blinzelte ihn an. »Die hieß doch nicht Jane mit Vornamen.«

»Natürlich. Wie denn sonst?«

»Keine Ahnung«, antwortete sie. »Aber auf keinen Fall Jane.«

Kapitel 12

Guido Hillmann ließ den Telefonhörer langsam sinken. Er hielt ihn nach dem Gespräch noch eine ganze Weile in der Hand, bis er ihn endlich zurück auf den Apparat legte.

Es hatte angefangen. Ganz genauso, wie sie es vorhergesagt hatten. Jetzt hieß es, die Nerven zu bewahren. Aber konnte er das? Fühlte er sich wirklich in der Lage dazu?

Sie können uns nichts beweisen, hatten die anderen gesagt. Sie können uns gar nichts …

Hillmann war sich plötzlich nicht mehr so sicher. Aber zum Umkehren war es bereits viel zu spät. Sie waren viel zu weit gegangen.

Der Blick des Lehrers heftete sich beinahe flehend an seinen Schreibtisch. Die obere Schublade mit dem kleinen Geheimfach. Dort, wo er das Gras aufbewahrte, das er hin und wieder rauchte, wenn …

»Guido?«

Hillmann fuhr mit einem heiseren Aufschrei herum, als die schattenhafte Gestalt im Türrahmen auftauchte.

»Wer war denn das eben am Telefon?«

»Niemand, Mama«, presste Hillmann hervor. »Und du sollst dich nicht immer so von hinten anschleichen. Kannst du dich nicht wenigstens irgendwie bemerkbar machen?«

Die dunkle Gestalt trat näher und wurde zu einer gebeugten Frau mit silbernen Haaren und einer großen Sonnenbrille mit nahezu pechschwarzen Gläsern.

»Niemand?«, fragte sie, als sie näher kam. »Wie kann es niemand gewesen sein, wenn es doch geklingelt hat? Und ich habe dich immerhin reden hören.«

Die Alte schlurfte näher, tastete sich an den Sessel heran und ließ sich umständlich darauf nieder.

»Warte, Mama«, sagte Hillmann und eilte dazu, um seiner Mutter die beiden gehäkelten Kissen in den Rücken zu stopfen. »Ist es so besser?«

»Jaja«, antwortete Florentine Hillmann, die sich das kleine Häuschen auf Langeoog mit ihrem einzigen Sohn teilte.

»Warum bist du hergekommen?«, fragte der Lehrer. »Ich hätte dir gleich deinen Tee nach drüben gebracht.«

»Das Telefon, mein Herz«, sagte die Alte mit einer Spur von Amüsiertheit in der Stimme, zu der vermutlich nur ältere Damen fähig sind, die auf die Erfahrung und die Weisheit eines ganzen Menschenlebens zurückblicken.

»Es war nichts«, entgegnete Hillmann leicht gereizt. »Nichts, was dich bekümmern müsste, jedenfalls.«

Die alte Dame hatte den Kopf in seine Richtung gedreht, während sie im Sessel hockte, ihre von blauen Adern durchzogenen Hände auf den Knauf eines Gehstocks gestützt.

»Ich weiß«, sagte sie. »Das ist es nie. Übrigens bist du heute sehr nervös.«

Hillmann verharrte in seiner Bewegung. Er hatte gerade auf seinem überfüllten Schreibtisch Ordnung schaffen wollen. Jetzt starrte er seine Mutter an. »Wie kommst du darauf?«

Florentine Hillmann lächelte milde. »Du kannst mir nichts vormachen, Guido. Das konntest du noch nie. Selbst jetzt, wo ich dich auf deinen Zustand anspreche, reagierst du gereizt. Du bist letzte Nacht noch einmal weggegangen, nicht wahr?«

»Ja«, gab er zu, griff nach ein paar Schulheften und warf sie mit einem Knall auf seinen Schreibtisch. »Und warum auch nicht? Steht mir das etwa nicht zu? Es sind immerhin noch Ferien.«

»Ein Grund mehr, warum du eigentlich wesentlich entspannter sein müsstest. Früher jedenfalls ist es so gewesen.«

»Mama, bitte … lass mich in Ruhe damit, ja? Warum gehst du nicht wieder auf dein Zimmer? Ich bringe dir gleich deinen Tee. Und ein Stück Kuchen, wenn du willst.«

Mutter Hillmann erhob sich mit einem leisen Seufzen und schlurfte langsam zur Tür hinüber. Dabei setzte sie ihren Stock leise auf. *Klick … klick.*

Am Durchgang zum Flur drehte sie sich noch einmal um. »Ist er von ihr?«

Hillmann drehte sich ebenfalls um und blickte seine Mutter an. »Was ist von ihr? Wovon sprichst du?«

»Der Kuchen«, sagte Florentine Hillmann. »Ob er von deiner neuen Freundin ist.«

Der Lehrer zuckte zusammen. »Falls du Frau Ritter meinst … sie ist nicht meine Freundin, klar? Und selbst wenn, wüsste ich nicht, was dich das anginge. Das ist immerhin mein Leben.«

»Du magst sie«, stellte die Alte mit leiser Stimme fest. »Aber gib gut acht, mein Junge. Sie ist eine Frau, die mit Männern wie dir spielt.«

Hillmann presste sich die Fingerspitzen gegen seine Schläfen. »Mama, bitte …!«

»Ich gehe ja schon«, antwortete sie. »Den Tee kannst du mir gerne bringen. Aber den Kuchen will ich nicht.«

Hillmann hörte, wie seine Mutter mit ihrem Gehstock durch den Flur wanderte. Kurz darauf knarrte die Tür zu ihrem Zimmer leise.

Er atmete auf. Er schloss die Augen und lehnte sich mit dem Rücken gegen eines seiner hohen Bücherregale.

Die Erinnerungen an vergangene Nacht waren sofort wieder da und so lebendig, als würde er die Ereignisse jetzt in diesem Augenblick das erste Mal erleben.

Er spürte den erfrischend kühlen Wind, der durch sein Haar fuhr, als er vor die Haustür trat. Er zog den Reißverschluss seiner Jacke hoch bis zum Hals und drehte sich noch einmal um. Das Haus war dunkel, seine Mutter schlief. Dennoch, oder gerade wegen dieses Blicks zurück, beschlich ihn ein ungutes Gefühl. Noch konnte er vielleicht einen Rückzieher machen, der Weg war noch nicht versperrt. Allerdings wusste er auch, wie das auf die anderen wirken, wie es bei ihnen ankommen würde, wenn er jetzt den Schwanz einzog. Er verspürte wenig Lust, in eine unangenehme Erklärungsnot zu geraten, den Menschen gegenüber, mit denen er hier auf der Insel zusammenleben, denen er täglich in die Augen blicken musste.

Guido Hillmann setzte sich in Bewegung. Es stimmte tatsächlich, was allgemein behauptet wurde: Er musste einfach nur den ersten Schritt tun, sich überwinden. Von da an würde es nur noch einfacher werden. Und das redete er sich ein. So lange, bis er es wirklich glaubte.

Bis er den Strand erreichte, an dem er sich mit den anderen verabredet hatte.

»Wer ist da?«, flüsterte eine Stimme, als Guido Hillmann über das Dünengras auf den Sand hinaustrat. Eine Taschenlampe flammte auf, blendete ihn, sodass er seinen rechten Arm anhob.

»Lass gut sein, Harders, das ist unser junger Lehrer.«

Die Stimme von Rademacher. Darauf folgte ein kurzer, verächtlicher Laut.

»Sieh mal an. Und ich dachte schon, der würde kneifen.«

»Der doch nicht. Immerhin ist seine Süße doch mit von der Partie.«

»Unser kleiner Schulmeister. Der hofft wohl, dass sein Rohrstab irgendwann doch nochmal zum Einsatz kommt.«

Verhaltenes, dreckiges Gelächter.

»Wenn Mama es erlaubt!«

Noch mehr davon. Hillmann hatte die Stimmen der anderen erkannt. Baldo Vreede und Bent Harders. Er ignorierte die ätzenden Kommentare der beiden, als er durch den Sand näher stapfte. Auf die Gruppe zu, die sich im dunklen Schatten einer Düne aufhielt.

Endlich wurde die Taschenlampe gesenkt.

Jemand bewegte sich auf ihn zu. Eine schlanke Gestalt.

»Die anderen haben gesagt, du würdest nicht kommen«, sagte Frauke Ritter. Sie lächelte ihn an. »Aber ich sagte: Wartet mal ab. Guido ist zäher und mutiger, als ihr alle denkt. Wie ich sehe, habe ich recht gehabt.«

»Hallo Frauke«, sagte Hillmann kleinlaut.

Sie trat einen Schritt näher, abseits der Männer, die sich tuschelnd miteinander unterhielten. Sie schlang ihren rechten Unterarm um Hillmanns Nacken und kraulte seinen Hinterkopf. »Du musst keine Angst haben, mein Hübscher. Es kann nichts passieren.«

»Ich habe keine Angst«, antwortete er.

Sie nickte anerkennend, blickte zu ihm auf und lächelte. »Umso besser. Denn, weißt du … wir alle haben etwas zu verlieren. Deswegen muss diese Sache unter allen Umständen unter uns bleiben. Das verstehst du doch?«

»Natürlich«, sagte er ärgerlich. Er hasste es, wenn sie mit ihm redete wie mit einem kleinen Kind. Beinahe hätte er es ihr gesagt. Aber nur beinahe, denn er genoss ihre Berührungen viel zu sehr, und er malte sich aus, wie sie ihn berühren würde, wenn sie beide endlich allein waren.

Zuvor gab es allerdings noch etwas zu erledigen.

Frauke Ritter zog Hillmann mit sich, in den Mondschatten der Düne, wo die anderen warteten.

Vreede, Harders und Rademacher.

Der Apotheker drehte sich in diesem Augenblick um.

»Hallo, mein Junge. Ich freue mich, dass du doch noch zu uns gefunden hast. Ich wusste, dass ich dich überzeugen kann.«

Rademacher lächelte und streckte seine Hand aus. Hillmann ergriff sie zögernd und ignorierte das schlechte Gewissen, das ihn dabei beschlich.

Sein Blick fiel auf zwei große Handkarren mit Gummibereifung. In einem von ihnen lag ein altmodischer Reisigbesen. Baldo Vreede und Bent Harders blickten ihn grimmig an.

»Moin Schulmeister«, sagte der Gastwirt und tippte sich mit zwei Fingern gegen die Stirn. Fischer Vreede hingegen verlor kein Wort. Er blickte in Richtung der Nordsee und des Watts, das ein gutes Stück weiter ostwärts noch immer den Container in seinen sandigen Schlick gebettet hatte.

»Wir sind vollzählig«, stellte Harders mit einem grimmigen Blick auf Hillmann fest. Im Dunkel hob er die Hand, packte den Griff des Handkarrens und setzte sich damit in Bewegung. Damit nahm das Unheil seinen Lauf.

Fünf Menschen, die auf der nächtlichen Insel Richtung Ostende marschierten. Rademacher hatte sich nach kurzer Zeit an die Spitze der Prozession gesetzt. Ihm folgten der Gastwirt und der Fischer mit ihren Karren.

Den Abschluss bildeten Frauke Ritter und ein fröstelnder Guido Hillmann.

»Kann ich dich etwas fragen, Frauke?«

Die Unternehmerin schenkte dem Mann an ihrer Seite einen leicht amüsierten Blick. »Natürlich.«

»Wie habt ihr euch das Ganze eigentlich vorgestellt? Die beiden Beamten vom Zoll halten doch Wache beim Container. Ich meine … wir können doch nicht einfach dahin marschieren und …«

»Schhhhhttt«, machte sie, während sie sich bei ihm unterhakte. »Natürlich wird das nicht so einfach funktionieren. Das Erste ist, dass die Männer nicht mehr zu zweit sind. Ein wichtiger Punkt, den Rademacher und du beobachtet habt.«

»Kann sein«, gab Hillmann etwas leiser zurück, »aber ich sehe nicht, worin der Unterschied besteht. Dieser Jacobsen ist jetzt vermutlich da, und so wie der sich am Morgen präsentiert hat, knallt er uns eher alle über den Haufen, bevor der mit sich reden lässt.«

»Lass uns nur machen, mein Junge«, antwortete Frauke Ritter geheimnisvoll. »Rademacher und ich haben da ein paar Dinge über den guten Mann herausgefunden. Wenn wir ihm die gleich präsentieren, kann ich mir vorstellen, dass er gewillt ist, seine Ansichten zu unseren Gunsten zu ändern.«

»Ach so?«, entfuhr es Hillmann. »Da bin ich aber mal gespannt.«

»Ich möchte im Augenblick aber nicht darüber reden«, sagte sie. »Du solltest nur wissen, dass wir ein paar Argumente in der Hand haben, die ihn sicher überzeugen werden, nachzugeben.«

Hillmann sah sich unsicher um. Der Mond spiegelte sich auf der Nordsee, die sich weit in ihr Bett zurückgezogen hatte. »Lohnt sich das Ganze denn überhaupt? Was, wenn in dem verdammten Ding nichts anderes als wertloser Plunder drin ist?«

Frauke Ritter lachte leise. »Zum einen ist das wohl kaum zu vermuten, und zum anderen lohnt es sich immer, für seine Rechte einzustehen, findest du nicht?«

»Die Rechte der Insulaner, meinst du«, antwortete der Lehrer. »Ich fürchte nur, dass die Gesetzbücher über das, was wir vorhaben, anderer Ansicht sind.«

Sie zerrte ihn am eingehakten Arm und zwang ihn damit, kurz stehen zu bleiben. Ihr Blick versprühte Zorn, Gereiztheit.

»Jetzt reiß dich zusammen! Und rede um Himmels willen nicht so laut. Willst du etwa, dass Vreede und Harders das mitbekommen? Menschenskind, das hier ist deine Chance, Hillmann! Hast du das denn noch immer nicht begriffen? Wenn du hier mitziehst, ist dir der Respekt und die Anerkennung der anderen sicher. Und das ist es doch, was du seit jeher wolltest, oder habe ich dich da etwa falsch verstanden?«

»Nein«, sagte er gedehnt. »Aber die anderen … die sind längst nicht mehr so wichtig für mich, seitdem …« Er brach ab und hasste sich dafür, nicht in der Lage zu sein, diesen Satz zu beenden.

»Seitdem wir uns ein wenig nähergekommen sind?«, half sie aus.

»Ja«, platzte es aus Hillmann heraus. »Genau das meinte ich.«

»Dann komm jetzt«, lockte sie und zog ihn mit sich, nur um zwei Schritte weiter erneut stehen zu bleiben. Sie schmiegte sich an ihn, umfasste seinen Kopf und küsste ihn.

Hillmann riss die Augen auf, als er ihre Lippen auf den seinen spürte. Ein Strom von Adrenalin und Energie raste durch seinen Körper und schoss bis in seine Haarspitzen hinauf. Was hätte er dafür gegeben, jetzt allein mit ihr zu sein. Hier am Strand …

Aber zuvor gab es noch etwas zu erledigen.

Sie löste sich von ihm, und Hillmann ließ sich wegzerren. Die ersten Schritte stolperte er hinter ihr her, dann fand er endlich festen Tritt. Innerhalb weniger Augenblicke hatten sie die Männer eingeholt, die im Dunkeln auf das Ostende zuhielten.

Wann immer der Mond durch die Wolkendecke brach, sahen sie die Nordsee silbern schimmern und rechts neben sich die Dünen der Insel, wie stumme Wächter, die ihnen das Geleit gaben.

Der Strandabschnitt des Ostendes verlief nahezu schnur-
gerade. Nach einigen weiteren Minuten war es so weit, sie
näherten sich dem Container. Es war kein Licht zu sehen,
nichts. Im bleichen Mondlicht war er nur als dunkler Klotz
auszumachen. Ein Fremdkörper. Etwas, das hier nicht
hergehörte und das ihnen doch aufgrund dessen so verlockend
erschien.

Ein paar wenige Schritte nur noch. Noch immer rührte sich
nichts. Und obwohl sie sich in der Dunkelheit näherten, hätte
Jacobsen oder wer immer um diese Zeit dort war, sie längst
bemerkt haben müssen.

Hillmann hörte das Absperrband im Wind flattern und
schnarren. Es kam ihm wie das Geräusch eines Raubtiers vor,
das im Schutz der Dunkelheit in Lauerstellung gegangen war.

»Jacobsen? Sind Sie hier?«

Hillmann zuckte bei dem Klang von Rademachers Stimme
zusammen. Sein Körper verkrampfte sich. Ab diesem
Augenblick konnte nahezu alles passieren.

»Jacobsen?«, durchschnitt die Stimme des Apothekers erneut
die an den Nerven zerrende Stille. »Ich bin es … Rademacher.
Und ein paar andere. Wir sind gekommen, um nochmal mit
Ihnen zu reden.«

Die seichten Wellen umspülten den Container vor ihnen.
Ansonsten gab ihnen niemand in dieser Nacht eine Antwort.

Hillmann hörte Rademacher einen leisen Fluch ausstoßen. Er
spürte, dass hier etwas passierte. Etwas, mit dem vermutlich
niemand von ihnen gerechnet hatte.

»Er kann doch nicht weg sein«, flüsterte Frauke Ritter an
seiner Seite. Sie löste sich von ihm und folgte den anderen, die
sich, noch immer in nahezu vollkommener Dunkelheit, weiter
an den Container heranwagten.

Hillmann stand für einen Augenblick allein zwischen den
beiden Handkarren. Diese ganze Sache fühlte sich plötzlich
falsch an. Aber jetzt umzukehren hätte keinen Sinn ergeben.
Also setzte er langsam einen Fuß vor den anderen.

Er hörte die anderen bereits durch das seichte Wasser waten. Eine Taschenlampe blendete auf, sie gehörte Rademacher oder einem der anderen. Kurz darauf geisterte ein weiterer Lichtschein über die ihnen zugewandte Seitenwand.

Im Lichtkegel der Taschenlampen erkannte Hillmann, wie Vreede und Harders sich bereits an die Arbeit machten, die verkeilte Seitenklappe weiter aufzustemmen.

Hillmann wankte wie ein Schlafwandler auf das Geschehen zu. Er fühlte sich hilflos, überflüssig. Ein Gefühl, das ihn sogar manchmal überkam, wenn er vor seiner Klasse stand. Ein ekelhaftes Gefühl, für das er sich selbst verachtete.

Seine Füße befanden sich im Wasser. Hillmann spürte es kaum. Er hielt weiter auf die anderen zu, bemühte sich aber, ihnen nicht in die Quere zu kommen.

Er blickte auf die vier Gestalten im Wasser, die ihm plötzlich nicht mehr wie Menschen vorkamen, sondern bestenfalls wie Hyänen. Sie waren lange um ihre Beute herumgeschlichen. Jetzt war der Moment gekommen, um zuzupacken. Ihre Gesichter waren von Gier verzerrt. Es fehlte nur noch der Geifer, der aus ihren Mundwinkeln tropfte und der …

Hillmann hielt inne. Etwas hatte seinen Gedankenfaden abrupt zerrissen. Während die anderen sich offenbar mit der Annahme begnügten, Jacobsen habe seinen Posten aus irgendeinem unerfindlichen Grund verlassen, sah er, der Lehrer, genauer hin.

An der Längsseite des Containers, dem Ufer zugewandt, kauerte etwas im flachen Wasser. Eine dunkle Gestalt, ein Körper, an die Wand des rostigen Behälters gelehnt.

Hillmann blickte zur Seite, zu den anderen hinüber, die ihn offenbar nicht bemerkt hatten, die viel zu beschäftigt dafür waren.

Der Lehrer trat näher, gegen seinen Willen, dann jedoch einer inneren Stimme gehorchend, die ihm sagte, dass Geheimnisse erforscht werden wollten.

Es war Jacobsen. Der Zollbeamte saß platt im Wasser.

Hillmann stieß einen heiseren Schrei aus, der im Stimmengemurmel und in der Betriebsamkeit seiner Begleiter unterging.

Das Licht einer der Taschenlampen geisterte hin und her. In diesem fahlen Schein erkannte der Lehrer, dass ihn der Tote aus offenen Augen anstarrte.

Hillmann war stehen geblieben, etwa einen Meter vor der grausigen Stelle. Mit einem Mal spürte er sie, die Kälte, die von seinen Fußgelenken aufwärts in seine Glieder kroch, um sich darin einzunisten.

Zentimeterweise schob er sich näher auf Jacobsen zu. Der Kopf des Zollinspektors lehnte am Container, als würde er die nächtliche Aussicht auf das Ufer der Insel genießen.

Hillmann hatte die Leiche erreicht, beugte sich ein Stück zu ihr herunter. Er streckte seine Finger nach dem Körper aus, berührte Jacobsen sanft an der Schulter.

In dieser Sekunde kippte zunächst der Kopf des Toten und schließlich auch sein Oberkörper nach vorne.

Hillmann schrie auf. Seine Hände schnellten reflexartig nach vorne, um die Bewegung des Leichnams aufzuhalten.

Seine Kleidung, alles an ihm, fühlte sich kalt und klamm an. Die gleiche Kälte, die auch Hillmann spürte, war in die Knochen des Zollinspektors gekrochen. Nur schon ein wenig früher.

Voller Abscheu drückte Hillmann die Leiche wieder gegen die Wand des Containers. Er benutzte dafür beide Hände, presste sie fest bei den Schultern in die Uniformjacke. Dabei starrte Hillmann dem Toten in die Augen.

Als er sein Werk vollendet hatte, trat der Lehrer hastig zwei Schritte zurück, die Arme noch immer halb angehoben.

So stand er im seichten Wasser, bis er in seinem Rücken eine Bewegung spürte.

Mit einem leisen Schrei fuhr er zusammen und wirbelte auf der Stelle herum. Er blickte in das Gesicht des Apothekers. Rademacher starrte erst ihn und dann den Toten an.

»Was …«, sagte der andere. Nur dieses eine Wort. Dann verstummte er.

Kurz darauf verstummten auch die Geräusche der mitgebrachten Brechstangen sowie das Tuscheln und gelegentliche Lachen der Männer. Alles um sie herum schien für einen Moment lang den Atem anzuhalten.

Aus dem Dunkel heraus näherten sich die Gestalten der anderen. Frauke. Dann Harders und zuletzt Vreede, sein unvermeidliches Eisen noch immer in der Hand.

Sie hatten sich im Halbkreis um die Leiche herum postiert, einfach, weil es sich so ergeben hatte. Sie alle starrten auf den toten Zollinspektor.

Hillmanns Fäuste öffneten und schlossen sich immer wieder. Wenigstens starrte ihn Jacobsen jetzt nicht mehr an. Sein Kopf war vornübergekippt, sodass die Kinnspitze jetzt fast die Brust berührte. Ein kleiner Trost, nicht mehr in die gebrochenen Augen sehen zu müssen.

»Was hat das zu bedeuten?«

Rademacher war der Erste, der seine Stimme wiedergefunden hatte. Auch er trat auf den Toten zu, beugte sich über ihn, berührte ihn, kam offenbar zu demselben Ergebnis wie Hillmann kurz vor ihm.

»Verfluchte Scheiße, was … was ist denn hier passiert?«

»Er ist tot«, stellte Vreede fest. Damit schien die Sache für ihn erledigt. Der Fischer verharrte noch einen Moment in seiner Haltung, dann drehte er sich plötzlich um und verschwand. Nur zwei Sekunden später war wieder das Geräusch seiner Brechstange zu hören.

»Was tut er denn da?«, flüsterte Hillmann.

Er erntete fragende Blicke.

Der Lehrer wachte auf. Er sah einen nach dem anderen an. »Jemand muss Vreede aufhalten.«

»Wieso?«, fragte Harders.

Hillmann sackte die Kinnlader herunter. »Ihr wollt die Sache doch nicht etwa durchziehen? Ich meine … wir können doch jetzt nicht einfach weitermachen und so tun, als sei nichts gewesen!«

»Und warum nicht, Schulmeister?«, hakte Harders nach. Er deutete auf den Toten. »Glaubst du etwa, den da macht es wieder lebendig, wenn wir jetzt abziehen und das alles hier zurücklassen?«

»Aber ... er ist tot, verdammt!«, schrie Hillmann. Er streckte beide Hände vor, deutete auf die Leiche. »Und nicht nur das. So wie es aussieht, ist er erschossen worden. Jemand hat ihn umgebracht!«

»Und wenn schon«, antwortete der Gastwirt. »Wer auch immer das gewesen ist ... er wird schon seine Gründe gehabt haben.«

Damit wandte sich der Mann ab, um Fischer Vreede zu helfen. Kurz darauf hörten sie ein knackendes Geräusch und das metallische Wehklagen der aufgebogenen Seitenklappe.

»Das glaube ich alles nicht«, keuchte Hillmann. Er wirbelte herum. »Rademacher. Sie sind der einzig Vernünftige hier. Reden Sie mit den beiden. Noch ist es nicht zu spät. Und jemand von uns sollte die Polizei verständigen.«

Der Apotheker blickte ihn an. Hillmann bildete sich ein, zu erkennen, wie es in dessen Gesicht und in seinem Innern arbeitete. Rademachers Gedanken schienen zu rasen.

Dann schüttelte der Mann mit dem Schnauzbart den Kopf. »Ich denke, Harders hat recht. Wir machen nichts besser dadurch, wenn wir uns jetzt klammheimlich aus dem Staub machen. Wir holen uns lediglich, was uns zusteht. Alles andere ...«, er blickte auf die Leiche im Wasser, »geht uns nichts an.«

Hillmann schnappte nach Luft. »Der Tote geht uns nichts an? Verdammt, Rademacher, der Mann ist erschossen worden!«

»Ja, sicher«, räumte der andere ein. »Aber das ist nicht unsere Angelegenheit, verstehst du? Er war ja nicht mal einer von uns.«

Hillmanns Augen weiteten sich. Er wollte einen Schritt auf den Apotheker zugehen, doch Frauke Ritter packte ihn blitzschnell am Arm und hielt ihn fest.

»Sei jetzt um Himmels willen vernünftig«, herrschte sie ihn mit gedämpfter Stimme an. »Wir werden jetzt genau das tun, weswegen wir hergekommen sind. Das Ganze muss schnell gehen, und da brauchen wir verdammt nochmal jede Hand! Danach können wir immer noch überlegen, was zu tun ist. Und wer weiß … vielleicht verständigt dann jemand von uns die Polizei, wenn es bis dahin noch kein anderer getan hat.«

»Du weißt verdammt gut, dass bis dahin …«

»Was?«, fragte die Blondine, als der Lehrer nicht weitersprach.

»Ach, nichts!«, presste Hillmann hervor und riss sich los.

Er watete zu den anderen hinüber, und sie alle begannen kurz darauf, ihr Werk zu verrichten.

Das Innere des Containers wirkte auf sie wie ein düsterer Schlund. Sie arbeiteten fast drei Stunden lang. Konzentriert, schweigend. In Gesellschaft eines Toten, über den in diesen Stunden niemand von ihnen mehr ein Wort verlor.

Sie beluden die beiden Handkarren mehrmals in dieser Nacht und brachten sie an die äußerste Spitze des Ostendes, der Vreede sich später so weit wie möglich mit seinem Kutter nähern würde, um die zum Teil noch eingeschweißten Waren zu verladen. Irgendwann entschieden sie, dass es an der Zeit war, die Zelte abzubrechen. Im Osten zeigte sich bereits das erste Grau des herandämmernden Morgens.

Hillmann kam die Aufgabe zu, mit dem alten Reisigbesen die Reifen- und Fußspuren im Sand zu verwischen. Er hatte das Gefühl, dass man ihn extra dazu auserkoren hatte, um ihn noch enger an den Rest ihrer eingeschworenen Gemeinschaft zu binden.

Er tat, was man von ihm verlangte, fügte sich in sein Schicksal, das nun mit den anderen unweigerlich und auf immer und ewig verknüpft war. Sie hatten ein Geheimnis miteinander. Doch Hillmann wurde dabei einen Gedanken nicht los. Sosehr er sich auch bemühte, er drängte sich immer wieder ungefragt in sein Bewusstsein.

Als der Morgen schließlich herandämmerte und er davon ausging, dass irgendjemand die Leiche bereits entdeckt haben musste, stand Hillmann im Flur von Frauke Ritters Wohnung. Sein Haar klebte ihm schweißnass am Kopf.

Sie strich ihm zärtlich über die rechte Wange. Eine Berührung, die sich in diesem Augenblick genauso falsch anfühlte wie der Rest dieser entsetzlichen Nacht, die er vermutlich nie würde vergessen können.

»Ich bin stolz auf dich«, flüsterte sie ihm ins Ohr, als sie ihn zum Abschied umarmte.

Er nickte, kaum fähig, zu reden. Er hielt seine Lippen fest aufeinandergepresst.

Frauke Ritter blickte ihn an, lächelte. »Ich weiß, das alles war nicht einfach für dich. Aber ich denke, dass es sich gelohnt hat. Genaueres werden wir heute Abend wissen. Du kommst doch auch?« Sie lachte. »Gar keine Frage, natürlich wirst du kommen. Du gehörst doch jetzt dazu.«

Hillmann nickte. Nichts war ihm im Augenblick lästiger, als an die Verteilung dieser unsäglichen Beute zu denken. Er wollte nur noch weg. Zurück nach Hause. Er war schon viel zu lange fort gewesen. Er spürte, wie er am ganzen Körper zitterte. Die mörderische Anspannung dieser Nacht forderte ihren Tribut.

Frauke Ritter hielt ihn noch immer am Kragen seiner Jacke. Sie sah ihm tief in die Augen. »Die Sache muss ein ziemlicher Schock für dich gewesen sein.«

»Für dich etwa nicht?«, presste Hillmann hervor. Und wieder drängte sich dieser Gedanke in den Vordergrund. Dieser entsetzliche Verdacht.

»Natürlich«, antwortete sie leise. »Für uns alle.«

Ihre Stimme klang ein wenig brüchig, so als sei die Unternehmerin selbst nicht von ihren Worten überzeugt.

Hillmann stieß einen heiseren Laut aus, als es ihm plötzlich eiskalt den Rücken hinunterlief.

»Um Himmels willen, Frauke«, stieß er hervor, »ist da etwa jemand unter uns, der mehr über den Mord weiß?«

Nun war sie es, die sich abwenden wollte, doch der Lehrer hielt sie am Arm fest.

»Antworte«, herrschte er sie an. »Ist es einer von euch gewesen?«

Frauke Ritter presste ihre Lippen hart aufeinander, als sie sich aus seinem Griff löste.

»Ich denke, es ist besser, wenn du jetzt gehst.«

Das Geräusch der Türklingel schreckte ihn aus seinen Erinnerungen auf. Mein Gott, was tat er hier? Er musste minutenlang in dieser Position verharrt haben. Und jetzt waren sie da! Ihre Umrisse zeichneten sich deutlich durch das gefärbte Glas der Tür ab.

Und er hatte nicht die geringste Ahnung, wie er den beiden Inselkommissaren entgegentreten sollte!

Kapitel 13

»Vielleicht ist er nicht da«, sagte Rieke Voss, nachdem sie zweimal an der Haustür geklingelt hatte.

Kolbe blickte durch den verwilderten Vorgarten des Reihenhauses und zuckte mit den Schultern. »Dann eben doch zuerst zu Vreede.«

»Augenblick«, mahnte die Kommissarin, »ich glaube, da war eine Bewegung hinter der Tür. Es kommt jemand.«

Kolbe folgte ihrem Blick und nahm hinter der getönten Glasscheibe einen schattenhaften Umriss wahr, der sich näherte. Schritte wurden laut. Die Tür wurde geöffnet.

Der Lehrer Hillmann blinzelte sie gegen das Sonnenlicht an. Er lächelte, wobei seine Mundwinkel unkontrolliert zuckten.

»Entschuldigen Sie bitte, ich war gerade …«

Er ließ den Satz unvollendet, deutete dabei mit dem Daumen nach hinten und gab den beiden Inselkommissaren so die Möglichkeit, sich selbst einen Grund für die Verzögerung auszudenken.

»Wir hätten gerne etwas mit Ihnen besprochen«, erklärte Rieke Voss und deutete an dem Lehrer vorbei ins Hausinnere. »Dürfen wir kurz reinkommen?«

»Aber natürlich. Bitte.« Hillmann lächelte flüchtig. Er trat beiseite und schloss die Tür kurz darauf hinter den beiden Beamten.

»Worum … geht es denn, wenn ich fragen darf?« Hillmann blinzelte und öffnete die Tür zu einem kleinen Wohnzimmer, dominiert von alten, dunklen Polstermöbeln und einem kniehohen runden Tisch, auf dem sich noch benutztes Frühstücksgeschirr befand.

Rieke Voss nahm auf einem kleinen Sofa Platz, auf dem eine zusammengefaltete Wolldecke mit langen Fransen lag. Kolbe setzte sich in einen Sessel und wartete, bis Hillmann es sich in dem anderen bequem gemacht hatte.

»Vielleicht haben Sie schon gehört, dass es vergangene Nacht einen Toten auf Langeoog gegeben hat?« Kolbe behielt den Lehrer genau im Auge.

»Nein. Wen?«

»Zollinspektor Holger Jacobsen.«

Für die Dauer einiger Sekunden war nur das leise Ticken der Wanduhr im Wohnzimmer zu hören. Lehrer Hillmann hatte seine Lippen leicht geöffnet. Sie schimmerten feucht. Er starrte zwischen den beiden Polizisten hindurch, zur Schrankwand hinüber.

»Haben Sie verstanden, worum es geht?«, schaltete sich Rieke Voss ein.

Es war, als würde der Lehrer aus einer Trance erwachen. Wieder huschte ein Lächeln über seine Lippen. Hillmann kratzte sich flüchtig an der Stirn.

»Verzeihung. Der ältere Zollbeamte. Wie … wie schrecklich. Wie ist es passiert?«

Rieke Voss klärte den Mann über die näheren Umstände auf und schob hinterher: »Wir können im Augenblick nicht ausschließen, dass es sich dabei um einen Mord handelt.«

»Mord«, flüsterte Hillmann und blickte dabei von einem zum anderen. »Verstehen Sie mich recht, das Ganze ist sicher furchtbar, aber … warum kommen Sie damit ausgerechnet zu mir?«

»Unter anderem, weil Sie einer der Letzten waren, die Herrn Jacobsen noch lebend gesehen haben«, erklärte Kolbe.

»Sie spielen dabei auf gestern Abend an.« Hillmann rutschte auf dem Sessel nach vorne und legte seine Hände zusammen, wobei die Spitzen seiner gespreizten Finger in ständiger Bewegung waren. »Das ist richtig. Ich bin mit Herrn Rademacher am Strand gewesen.« Er lächelte die beiden Beamten an. »Sozusagen als Abgesandte der Insulaner, um uns bei den beiden Beamten für die gestrigen Übergriffe zu entschuldigen.«

»Haben Sie sich zusammen darüber beraten?«, wollte Rieke Voss wissen. »Oder wie kam es, dass Sie mitgegangen sind? Denn soweit ich weiß, waren Sie doch an dem Morgen am Strand gar nicht dabei?«

»Naja, das war so …«

»Haben Sie etwas dagegen, wenn ich mal Ihre Toilette benutze?«, fragte Kolbe dazwischen. Er hatte sich bereits halb aus dem Sessel erhoben.

Hillmann blinzelte ihn von unten an. »Nein. Natürlich nicht. Sie gehen durch den Flur. Zweite Tür links.«

Kolbe lächelte dem Lehrer dankbar zu und verließ das Wohnzimmer.

Zurück im Flur. Eine dunkle Holztreppe führte nach oben. Auf einem schmalen Treppenabsatz thronte eine bauchige Bodenvase, in der lange, dürre Rohrkolbenhalme steckten.

Kolbe folgte dem Verlauf des Flurs und entdeckte die Tür zum Badezimmer, die mit einem kleinen Porzellanschild gekennzeichnet war. Der Kommissar öffnete die Tür und warf einen kurzen Blick hinein.

Er wandte sich einer anderen Tür zu, die in eine schmale Speisekammer führte. An der Wand waren Hängeregale angebracht, die bis zum Rand mit Konserven und Weckgläsern mit selbst eingemachten Früchten gefüllt waren.

Leise schloss Kolbe auch diese Tür. Aus dem Wohnzimmer drangen noch immer die Stimmen seiner Kollegin und die des Lehrers.

Etwas stimmte nicht mit Hillmann. Kolbe hatte es auf den ersten Blick gespürt, und Rieke Voss war es sicher nicht anders ergangen. Entweder wusste der Lehrer etwas oder er hatte aus einem anderen Grund ein schlechtes Gewissen der Polizei gegenüber. Auf jeden Fall konnte es sich lohnen, hier weiter nachzuforschen.

Der Kommissar wandte sich einer Tür auf der gegenüberliegenden Seite des gefliesten Flurs zu. Vorsichtig drückte er die Klinke herunter und trat über die Schwelle.

Dahinter lag ein quadratischer Raum. Waschmaschine, Wäschetrockner, eine alte, klobige Kühltruhe mit mehreren Dellen. Auf dem Deckel lag ein Stapel Hemden. Davor war ein Bügelbrett aufgebaut. Der Ärmel eines karierten Hemds hing so weit herunter, dass er beinahe den Boden streifte.

Kolbes Interesse galt dem kleinen Wäschehaufen vor der Waschmaschine. Vorsichtig bückte er sich und tastete nach einer blauen, sandverkrusteten Jeans, die bis zu den Knien noch nass war. Neben der Maschine stand ein Paar robuster Herrenschnürschuhe, ebenfalls nass und mit klammem Sand überzogen. Kolbe hielt die Jeans mit spitzen Fingern in die Höhe und ließ sie dann langsam wieder sinken, als er ein Geräusch hinter sich hörte. Ein leises Tippen, das er zunächst nicht einordnen konnte. Ein Schatten tauchte im Flur auf.

Kolbe richtete sich auf, wich einen Schritt zurück.

Die Tür erhielt von der anderen Seite einen leichten Stoß und schwang leise knarrend weiter auf.

Eine leicht gebeugte Gestalt blickte mit toten Augen in den Raum.

Florentine Hillmann. Sie trug ein einfaches Kleid und derbe Hausschuhe. Über ihre knochigen Schultern hatte sie eine schwarze Stola gelegt.

Kolbe verharrte mitten in der Bewegung. Er starrte die alte Frau an.

Sie hatte ihr Kinn leicht nach vorn gereckt. Ihr weißer Blindenstock tastete suchend umher, kam auf Kolbe zu und streifte beinahe seine Schuhspitzen.

Der Kommissar atmete flach durch den Mund und presste sich gegen die Wand.

Der Stock der Alten klickte über die Fliesen. Immer näher, bis er schließlich zwei Zentimeter über dem Boden verharrte. Florentine Hillmann hob den Kopf leicht an, als würde sie den Besucher durch die Gläser ihrer mattschwarzen Brille ansehen.

Für die Dauer endlos langer Sekunden blieb sie so stehen. Dann wandte sie sich ab. Langsam und tastend. Die alte Frau vollführte eine halbe Drehung, während ihr weißer Stock die Schmutzwäsche vor der Waschmaschine streifte.

Im nächsten Augenblick war sie verschwunden. Kolbe hörte ihre leisen Schritte, wie sie sich durch den Flur entfernten.

Er atmete aus. Hatte die Alte ihn wahrgenommen? Möglich.

Der Kommissar beeilte sich, den Raum zu verlassen. Er huschte hinüber ins Badezimmer, betätigte die Toiletten-spülung und ließ kurz darauf für einen Moment Wasser in das lindgrüne Porzellanwaschbecken laufen.

Ein kurzer Blick in den Spiegel darüber. Nachdenklich blickte er sich an, als ob ihm sein Ebenbild die Antwort auf die Frage geben konnte, die ihn beschäftigte. War Hillmann vergangene Nacht dabei gewesen, als der Container leergeräumt worden war? Die nassen Klamotten waren ein Indiz, allerdings ein schwaches und sehr weit davon entfernt, ein Beweis zu sein. Immerhin befanden sie sich auf einer Insel. Wasser und Sand waren somit allgegenwärtig.

Kolbe befeuchtete mit einem letzten Wassertropfen aus dem Hahn die Spitze seines Mittelfingers und fuhr sich damit über seine rechte Augenbraue. Dann löste er sich von seinem stummen Spiegelbild und kehrte ins Wohnzimmer zurück.

Hillmann sah ihn mit flackerndem Blick an und deutete unbeholfen auf den Sessel gegenüber, in dem die alte Dame auf den Kommissar noch kleiner und noch zerbrechlicher wirkte als noch kurz zuvor in der Waschküche.

»Ich weiß nicht, ob Sie meine Mutter bereits kennengelernt haben, Herr Kommissar?«, fragte der Lehrer. Sein hervorstehender Adamsapfel hüpfte auf und ab, während er sprach.

Kolbe trat ein paar Schritte näher, direkt an den Sessel heran, in dem er noch vor ein paar Minuten gesessen hatte.

Florentine Hillmann hob leicht den Kopf, so, wie sie es kurz zuvor schon getan hatte.

Der Kommissar blickte in ihre schwarzen Gläser und blieb stumm.

»Ich glaube, wir hatten noch nicht das Vergnügen«, sagte die alte Dame schließlich und streckte Kolbe eine Hand entgegen, die er sofort ergriff. Sie fühlte sich kalt und glatt an, dazu noch weich wie ein Fisch.

Kolbe erwiderte den Gruß und warf gleichzeitig Rieke Voss einen Blick zu.

»Wir sind hier so gut wie fertig«, sagte seine Kollegin und erhob sich von ihrem Platz. »Herr Hillmann ist gestern nach seinem Besuch beim Container gleich nach Hause gegangen. Er hat noch ein wenig ferngesehen und ist dann kurz vor Mitternacht schlafen gegangen. Das ist doch korrekt so?«

Hillmann nickte eifrig. »Ganz genau.«

»Was gab's denn gestern?«, fragte Kolbe rasch und in kameradschaftlichem Ton.

»Wie?«

»Im Fernsehen, meine ich.«

Hillmanns Mundwinkel zuckten. Zuerst der linke, dann beide abwechselnd. »Günther Jauch.«

»Ah«, machte Kolbe. Er drehte sich zu der alten Frau im Sessel um. »Sie können die Aussagen Ihres Sohnes doch sicher bestätigen, Frau Hillmann?«

»Fingerabdrücke«, sagte Florentine Hillmann leise.

Die beiden Inselkommissare tauschten einen kurzen Blick miteinander.

»Wie bitte?«, hakte Kolbe nach.

»Die Frage war, wo man zwischen den drei Grundtypen Wirbel, Schleifen und Bogen unterscheidet«, ergänzte sie.

»Bei Fingerabdrücken«, bestätigte Rieke Voss sofort.

Florentine Hillmann nickte bedächtig. »Der junge Mann gestern Abend hat es nicht gewusst. Er hätte noch einen Joker gehabt. Aber er hat ihn verschenkt.« Sie reckte ihr Kinn vor und schüttelte langsam ihren Kopf mit dem silbergrauen Haar, das in ihrem Nacken zu einem Dutt zusammenfloss. »Er war ein dummer Junge.« Ein leises Seufzen folgte. »So ein dummer, dummer Junge.«

Die beiden Inselkommissare verabschiedeten sich und verließen das Haus. Draußen schwangen sie sich auf ihre Räder und fuhren für etwa eine Minute schweigend nebeneinanderher. Plötzlich bremste Rieke Voss ab und blieb abrupt stehen. Kolbe tat es ihr gleich.

»Was, bitte schön, war denn das gerade eben?«

»Was genau meinen Sie?«, hakte Kolbe nach, weil er wieder einmal nicht wusste, ob er möglicherweise aus Sicht seiner Kollegin etwas falsch gemacht hatte.

»Die ganze Situation im Haus der Hillmanns«, fügte Rieke hinzu. »Ich hatte das Gefühl, dass der Lehrer die Hosen gestrichen voll hatte. Aber warum?«

Kolbe erzählte von seinem Fund in der Waschküche. »Er ist dabei gewesen. Jede Wette. Vielleicht hätte ich die Sachen beschlagnahmen müssen.«

»Vielleicht hätten wir ihn auch härter anpacken müssen«, stimmte Rieke ein. »Und seine Mutter? Was halten Sie von ihr?«

Kolbe dachte an seine erste Begegnung mit der alten Dame. »Sie ist meiner Frage nach dem Alibi Ihres Sohnes geschickt ausgewichen. Sie mag sich die Sendung gestern angesehen haben. Aber er garantiert nicht.«

»Wie wär's mit einem Hausdurchsuchungsbeschluss?«, schlug die Kommissarin vor.

Kolbe schüttelte langsam den Kopf. »Ich denke nicht, dass wir den bei der Chefin durchkriegen. Die nassen Sachen kann er sich immerhin auch gestern Abend geholt haben, als er mit Rademacher unterwegs war. Zumindest würde ich das an seiner Stelle behaupten. Und wir könnten ihm nicht mal das Gegenteil beweisen. Nicht mal, wenn wir an seinen Schuhen Rostspuren vom Container finden würden.«

Rieke Voss stieß einen missmutigen Laut aus. »Leider wahr. Trotzdem glaube ich, dass er reden würde, wenn wir ihn auf die Dienststelle zitieren.«

»Es ist einen Versuch wert«, stimmte Kolbe zu. »Enno soll ihn am besten anrufen.«

»Eine ganze Containerladung«, sagte Rieke nachdenklich. »Die kann doch nicht einfach so spurlos über Nacht verschwinden, oder?«

»Ganz sicher nicht.«

»Aber wo«, fuhr sie fort, »wohin hat man das ganze Zeug gebracht?«

»Wenn wir das wüssten, wären wir vermutlich auch einen Schritt weiter, was den Mörder angeht.«

Rieke sah ihren Kollegen von der Seite an. »Wir einigen uns also intern auf Mord, ja?«

Kolbe blickte ziellos über die Straße, auf der einige Urlauber unterwegs waren. Sie drängten entweder in Richtung Wasser oder zurück ins Hotel. Die beiden Hauptströme, die den ganzen

Tag über einen nicht enden wollenden Kampf miteinander ausfochten.

»Wir beide haben Jacobsen kennengelernt«, sagte der Kommissar schließlich. »Das war kein Typ, der Selbstmord begeht. Und schon gar nicht auf so eine Art und Weise. Nach Hillmanns Reaktion heute würde es mich nicht wundern, wenn sie ihn alle zusammen hingerichtet haben.«

»Mein Gott«, entfuhr es Rieke. »Das wäre ziemlich … krass.«

Kolbe nickte und stieg wieder auf sein Rad. »Ich bin gespannt, wie unser Freund Vreede reagiert, wenn wir ihn damit konfrontieren.«

»Zuerst sollten wir sein verdammtes Brecheisen sicherstellen«, schlug Rieke vor und schwang sich ebenfalls auf den Sattel.

Ihr nächstes gemeinsames Ziel wartete.

Währenddessen legte die nächste Fähre an, die eine böse Überraschung an Bord hatte und sie in genau dieser Sekunde über die Gangway auf die Insel entließ.

Kapitel 14

Die beiden Männer waren auf Langeoog angekommen. Sie trugen leichte Sommerkleidung, Sonnenbrillen und kleine Rucksäcke, die sie sich lässig über die Schulter gehängt hatten. So strebten sie langsam der bunten Inselbahn entgegen, die bereits auf Fahrgäste wartete.

Auf den ersten Blick unterschied die Männer nichts von den Tagestouristen, die bei diesem Wetter nahezu stündlich von der Fähre an Land strömten. Aber sie waren nicht gekommen, um einen sonnigen Tag am Strand zu verbringen oder die Insel zu erkunden. Jedenfalls nicht so, wie man es sich gemeinhin bei Touristen vorstellte. Vielleicht, weil die beiden Männer keine Touristen waren.

Es gehörte normalerweise nicht zu ihren Lieblings-beschäftigungen, die Lokalnachrichten zu studieren. In den letzten zwei Tagen jedoch hatten sie kaum etwas anderes getan. Seitdem sie wussten, dass es an Bord der *Felicitas* mit Kurs auf Südamerika aufgrund von schlecht gesicherter Ladung zu gewissen Komplikationen gekommen war.

Sie waren die Ersten gewesen, die von diesem Dilemma erfahren hatten. Sie, die eigentlich für den sicheren Transport der Ware verantwortlich waren. Und dafür, dass sie ordnungs-gemäß beim Empfänger ankam, was nun definitiv nicht mehr rechtzeitig geschehen würde. Vielleicht sogar nie mehr.

Aber dann waren sie in den Regionalnachrichten auf N3 auf den Bericht eines Kamerateams gestoßen. Ein Film von etwa fünf Minuten Länge, der eigentlich hauptsächlich die angeschwemmten Schuhe und das bunte Treiben am Strand von Langeoog behandeln sollte. Am Rande hatten die Kameras jedoch auch den Container gestreift, der an Langeoogs Ostende angespült worden war.

Paco war es gewesen, der den Frachtbehälter zuerst entdeckt hatte. Er hatte sofort nach Miroslav gerufen, der sich im Nebenzimmer mit einer jungen Frau vergnügt hatte.

Miroslav hatte es nicht mehr rechtzeitig zum Fernseher geschafft. Eine halbe Stunde später jedoch hatten sich die beiden Männer den Bericht noch einmal in der Mediathek des Senders angesehen. Als die Kamera am Ostende über den Strand und somit auch über den Container geschwenkt hatte, war Pacos Daumen, der bereits über der Pause-Taste der Fernbedienung geruht hatte, heruntergeschnellt.

Da war er gewesen. Der Container, der jetzt längst mitten auf dem Atlantik hätte sein sollen.

Sie hatten alles stehen und liegen lassen, inklusive der Blondine im Nebenzimmer.

Jetzt waren sie hier. Auf der Insel. Auf Langeoog.

Sie bestiegen zusammen mit den Touristen die Inselbahn, die sich nur wenige Augenblicke später in Bewegung setzte, Richtung Ortskern.

Am Bahnhof stiegen sie aus, orientierten sich. Bei einem der zahlreichen Fahrradverleiher auf der Insel machten sie halt und setzten ihre Reise wenig später fort. Sie wussten genau, wohin sie zu fahren hatten.

Am schnurgeraden Strand des Ostendes wurde aus ihren bangen Befürchtungen schließlich Gewissheit. Der Container war bereits geöffnet worden. Doch irgendetwas schien dabei nicht mit rechten Dingen zugegangen zu sein. Dafür hatten die beiden Männer ein Gespür.

Die Männer in den weißen Overalls, die gerade ihre Sachen zusammenpackten und nach und nach abzogen, waren nicht allein wegen des Containers gekommen. Es musste also noch etwas anderes passiert sein.

Der gesamte Bereich war großflächig abgesperrt worden. Schaulustige drängten sich hinter den Markierungen und Flatterbändern, um einen Blick auf die Männer von der Spurensicherung zu werfen.

Ja, es hatte einen Toten gegeben. Miroslav und Paco brauchten nicht lange, um das in Erfahrung zu bringen.

Ihr Blick fiel auf einen jungen, blonden Polizisten in Uniform, der soeben ein paar Worte mit einem der Overallträger wechselte. Gleich darauf griff er zu seinem Funkgerät und gab eine Meldung ab.

Die beiden Männer, die sich weit genug von der Absperrung aufhielten, tauschten einen kurzen Blick untereinander, bevor sie langsam in Richtung ihrer Fahrräder zurückschlenderten.

Miroslav Stoica, ein dunkelhaariger, gutaussehender Mann, strich sich über seinen Dreitagebart und sah sich um.

»Das hat uns gerade noch gefehlt«, presste Paco neben ihm hervor. Der leicht untersetzt wirkende, stämmige Mann klopfte sich den Sand von seinen Schuhen. »Kannst du mir vielleicht sagen, was hier los ist? Mist, verdammt, was tun wir denn jetzt? Die Lieferung ist längst bezahlt, und wenn die Ware nicht ankommt, dann …«

Es bedurfte nur einer einzigen Handbewegung des anderen, um Paco zum Schweigen zu bringen.

»Wir werden herausbekommen, was hier für eine Nummer abläuft«, versprach Miroslav. »Und dann holen wir uns unser Zeug zurück.«

Paco stieß einen leisen Fluch aus. »Und wie stellst du dir das vor? Was, wenn die das Zeug bereits sichergestellt haben?«

»Das wäre dann wirklich verdammtes Pech«, erklärte der Dunkelhaarige. »Aber irgendwie kann ich nicht glauben, dass die Ware schon bei den Behörden gelandet ist. Die scheinen ganz andere Probleme zu haben.«

Paco blickte durch die Sanddornhecken zum Strand hinüber. Aus der Entfernung sahen die Männer in den Overalls wie weiße Maden aus, die am Strand herumwuselten. »Was geht uns das an? Wir müssen das Zeug wiederbeschaffen, sonst sind wir beide am Arsch.«

»Keine Sorge«, beschwichtigte Miroslav.

Paco winkte ärgerlich ab. »Das sagst du immer.«

Der Mann mit den dunklen Locken hob fragend die Hände. »Und ist es nicht bisher auch immer gut gegangen?«

Pacos kräftige Hände legten sich um den Fahrradlenker.

118

»Was schlägst du vor?«

»Die Ware befindet sich noch auf der Insel«, sagte Miroslav Stoica leise, aber entschieden. »Und wie bereits gesagt: Wir holen sie uns zurück.«

Paco sah seinen Gefährten durch verengte Augenschlitze an. Er blickte sich demonstrativ um. »Und wo willst du anfangen zu suchen?«

»Lass mich nur machen«, antwortete Miroslav.

Kapitel 15

Direkt neben dem Jachthafen, in der Nähe der Schiffsmeldestelle des Hafenbüros, lag Vreedes Kutter. Genau wie der Fischer selbst war das Boot in die Jahre gekommen, was man beiden ansah. Von der *Clementine* blätterte die dunkelgrüne Farbe, und die Planken an Deck waren ausgedorrt und rissig. Der Rest starrte vor Rost und anderen Flecken.

Kolbe und Voss hatten gehofft, den Fischer noch bei seinem Boot anzutreffen, doch laut Auskunft des Hafenmeisters hatten sie ihn knapp verpasst. Nein, Vreede sei heute nicht rausgefahren, weder zum Fischen noch um Touristen zu den Seehundbänken rauszuschippern.

»Was hat er dann auf seinem alten Kahn gewollt?«, fragte Rieke Voss. Sie hatte die Hände in die Hüften gestemmt und sah sich auf dem Bootssteg suchend um, als ließen sich noch irgendwelche Spuren entdecken.

»Das würde ich auch gerne wissen«, gab Kolbe zurück. Auch er blickte sich um. Sie beide waren hier draußen auf dem Steg allein. Der Kutter lag in verlockender Nähe.

Rieke blickte ihren Kollegen an. »Sie wollen doch nicht etwa …« Sie brach ab, als sie Kolbes Gesichtsausdruck bemerkte.

Er trat entschlossen einen Schritt auf sie zu.

»Was immer in dem Container gewesen ist«, sagte er leise, »es muss eine ziemliche Menge gewesen sein. Was denken Sie, wie man das ganze Zeug weggeschafft hat?«

Die beiden Inselkommissare sahen erneut zu dem Kutter hinüber, der still im Hafenwasser vor sich hin dümpelte.

Sie zuckte mit den Schultern. »Ja, kann schon sein, aber für dieses Boot benötigen wir genauso einen …«

Kolbe winkte ab. »Jaja, ich weiß. Aber wollen Sie so lange warten, bis die Chefin den bei Gericht durchgeboxt hat? Bis dahin sind alle Spuren dahin.«

Rieke Voss blickte ihren Kollegen funkelnd an. »Sie wissen genau, dass, selbst wenn Sie jetzt noch Teile der geklauten

Ware an Bord finden sollten, wir die Beweise nicht verwerten dürfen, weil Sie unerlaubt hier eingedrungen sind!«

»Was schert mich der dämliche Container?«, blaffte Kolbe in gedämpftem Ton zurück. »Ich will verdammt nochmal wissen, wer Jacobsen umgebracht hat! Und warum!«

»Dann lassen Sie uns Vreede suchen und ihn zur Rede stellen«, schlug Rieke Voss vor. Sie hatte hörbar Mühe, einen ruhigen Ton zu bewahren. »Und zwar auf der Stelle.«

Kolbe blickte seine Kollegin an. Er nagte an seiner Unterlippe. Eine Sekunde verstrich. Zwei.

Dann wirbelte er plötzlich herum, flankte über das Geländer des Stegs hinweg und kam eine Sekunde später auf den Planken der *Clementine* auf. Ein gewagter Sprung. Mit ein wenig Glück hatte niemand etwas davon bemerkt.

Irgendwo über sich hörte er Rieke Voss fluchen. Im nächsten Augenblick tauchte ihr blonder Haarschopf auf, der gegen das Licht der Sonne leicht rötlich schimmerte.

»Sie sind anscheinend ein noch größerer Idiot, als ich bisher gedacht habe!«, zischte sie zu ihm herunter. Dabei sprühte ihr Blick Funken, und zwischen ihren Augen trat eine zornige Falte zutage.

»Der leichte Rotton in Ihrem Haar steht Ihnen gar nicht schlecht«, antwortete Kolbe grinsend.

Ihre Falte wölbte sich weiter. »Was?«

Kolbe deutete nach oben. »Die Strähnen, oder was auch immer Sie sich da haben machen lassen, stehen Ihnen gut. Das feurige Rot passt besser zu Ihren Wutausbrüchen.«

Rieke Voss presste ihre Lippen aufeinander, während sie zwischendurch immer wieder den Steg hinunterblickte. Dann beugte sie sich leicht vornüber und streckte ihren rechten Zeigefinger aus. »Dass das eine klar ist: Ich werde Sie nicht decken, falls das hier rauskommt! Das ist ganz allein Ihre beknackte Aktion!«

»Aye, aye, Sir«, antwortete Kolbe und vollzog mit seiner rechten Hand einen formvollendeten Seemannsgruß.

Rieke Voss drehte sich ohne ein weiteres Wort um und entfernte sich mit energischen Schritten.

Kolbes Grinsen zerbröckelte nur eine Sekunde später. Was er hier tat, konnte ihn tatsächlich Kopf und Kragen kosten. Und wenn es ganz dumm lief, war er jetzt sogar dabei, die einzigen verwertbaren Spuren dieses Falls für immer unbrauchbar zu machen.

Und doch musste er einfach wissen, woran sie waren. War Vreede gestern Nacht mit dem Kutter unterwegs gewesen? Hatte er die Ladung des Containers aufgenommen oder transportiert? Und falls ja, wo befand sich das ganze Zeug jetzt?

Kolbe drehte sich um und suchte zunächst das Deck nach Auffälligkeiten ab.

Wenn Vreede mit in der Sache drinsteckte, würde er möglicherweise auch etwas über den Mord sagen können. Was Kolbe brauchte, war ein Druckmittel. Anders, so glaubte er zumindest, war dem sturen Fischer nicht beizukommen.

Sein Blick jagte über einen Haufen vermutlich alter, ausgedienter Netze, die einen üblen Geruch verströmten. An mehreren Stellen waren leere Kunststoffkisten aufgestapelt, in die Vreede offenbar draußen auf See seinen Krabbenfang entleerte. Jetzt dümpelten nur noch ein paar Pfützen Salzwasser darin.

Kolbe huschte über das Deck. Er wollte nicht mehr Zeit als absolut notwendig hier verbringen.

Das Deckshaus verfügte über eine dünne Holztür, die vermutlich nur noch durch ein wenig graue Farbe zusammengehalten wurde. Sie erwies sich als verschlossen. Kolbe wollte nicht so weit gehen, sie aufzubrechen. Dennoch wagte er einen Blick durch die angelaufene Glasscheibe in der oberen Hälfte. Er erkannte relativ deutlich die Konturen des Steuers und der Bordinstrumente. Um mehr sehen zu können, reichte der Blickwinkel nicht, den Kolbe durch das schmale Quadrat erhielt. Er drehte sich um, setzte seinen Weg fort. Mit einem Mal fiel sein Blick auf etwas, das leicht schimmernd zwischen den rissigen Planken steckte, so als sei es dort hineingetreten worden.

Kolbe bückte sich danach, bis er ganz auf dem Deck in die Knie ging. Mit Daumen und Zeigefinger der rechten Hand versuchte er, ein kleines Stück Plastik aus dem Holz zu ziehen. Er bekam das scharfkantige Teil zu fassen und rüttelte daran, bis es sich langsam löste. Offenbar handelte es sich um ein abgesplittertes Stück. Kolbe drehte es zwischen seinen Fingern. Er konnte es nicht beschwören, aber das schwarz glänzende Material wirkte nicht so, als habe es schon lange zwischen den Planken festgesteckt. Zwei Buchstaben befanden sich auf dem Kunststoff, möglicherweise der Anfang oder das Ende eines Herstellernamens. Ohne zu überlegen, steckte sich Kolbe das Teil in seine Hemdtasche.

Er wollte sich gerade wieder aus der Hocke erheben, als er Schritte auf dem Steg hörte. Zuerst dachte er an Rieke Voss, doch sofort fiel ihm auf, dass sie sich viel graziler bewegt hatte. Die Geräusche, die sich jetzt näherten, klangen dumpf und dröhnend. Als würde der Steg unter dem Gewicht schwerer Stiefel erbeben.

Irgendetwas wurde drüben über die Bordwand geworfen und landete mit einem Dröhnen auf den Planken. Offenbar machte sich jemand daran, den Kutter zu betreten.

Kolbe presste seinen Rücken an die Wand des Deckhauses und verharrte in dieser Haltung.

Im nächsten Augenblick war der andere an Deck.

Der Kommissar hörte jemanden lautstark ächzen.

Baldo Vreede!

Kolbe lehnte seinen Hinterkopf an die Wand und schloss für zwei Sekunden die Augen. Wo hatte er sich jetzt schon wieder hineinmanövriert? Er war sich im Klaren darüber, dass alles Mögliche passieren konnte, sollte der Fischer ihn an Bord seines Kutters entdecken.

Schritte bewegten sich dumpf über die Planken, noch immer auf der Steuerbordseite. Aber sie kamen näher. Es war nur eine Frage der Zeit, bis Kolbes mehr als dürftige Deckung auffliegen würde.

Ein breiter Schatten fiel seitlich des Steuerhauses auf die Planken. Kolbe konnte den Fischer jetzt sogar atmen hören.

Der Breitschultrige brauchte nur noch zwei Schritte um das Deckhaus herum zu tun, dann war es aus.

Dem Inselkommissar drang der Schweiß aus allen Poren. Was um alles in der Welt sollte er dem Fischer für eine Erklärung geben?

Kolbes Blick fiel auf die Spitzen der Gummistiefel. Vreede hantierte mit einem dicken Tau herum. Wenn er jetzt seinen Blick wandte, um wenige Zentimeter nur …

»Herr Vreede?«

Kolbe erschrak beim Klang der plötzlich vom Steg ertönenden weiblichen Stimme. Und schon beim nächsten Wimpernschlag empfand er eine bis dahin ungekannte Erleichterung, als der Angesprochene sich umdrehte und zwei Schritte auf Rieke Voss zuging.

»Was ist los? Was wollen Sie von mir?«

»Mit Ihnen reden«, kam es zurück. Täuschte sich Kolbe, oder klang die Stimme seiner Kollegin ein wenig außer Atem, so als sei sie gerannt?

Vreede stieß einen verächtlichen Laut aus, der dem wütenden Schnaufen eines angriffslustigen Stiers glich. »Wozu? Ich hab jetzt keine Zeit!«

»Es wäre gut, wenn Sie sich welche für mich nehmen würden«, antwortete Rieke Voss. Kolbe fiel auf, dass er seine Kollegin bisher äußerst selten hatte lächeln sehen. Das war auch jetzt nicht der Fall, doch er bildete sich ein, es stattdessen hören zu können. Und es musste sich um ein Lächeln der besonders charmanten Art handeln, denn Vreede ließ mit einem Mal sein Tau fallen und setzte sich in Bewegung. Widerwillig, wie Kolbe schien, aber immerhin.

»Haben Sie heute schon Tee getrunken?«, fragte die Kommissarin vom Steg aus. »Ist vermutlich schon eine Weile her. Kommen Sie, ich lade Sie auf eine Tasse ein.«

»Na, das muss ja besonders dick kommen«, antwortete Vreede. Zur Erleichterung Kolbes klang seine Stimme jetzt schon ein Stück weiter entfernt. Und tatsächlich hievte sich der Fischer im nächsten Augenblick auf den Steg hinaus.

Kolbe hörte die beiden noch kurz miteinander sprechen, wobei er bereits nicht mehr verstehen konnte, was genau sie sagten. Aber das war im Moment auch vollkommen gleichgültig. Es gefiel ihm nicht, es sich einzugestehen, aber Rieke Voss hatte ihm offenbar gerade den Hintern gerettet.

Kolbe wartete noch ein paar Sekunden ab, bevor er sich aus seiner Position löste. Sein Hemd klebte ihm am Körper und tatsächlich verspürte er für einen kurzen Moment ein Zittern, das durch seine Beine lief.

Kolbe hatte es plötzlich eilig, den Kahn des Fischers zu verlassen.

Kapitel 16

Rieke Voss brach ihr Schweigen erst, als sie gemeinsam bei ihrer Dienststelle an der Kaapdüne ankamen. Sie rammte ihr Fahrrad in den Ständer und sah Kolbe verkniffen an.

»Das war das erste und gleichzeitig auch letzte Mal, dass ich sowas für Sie gemacht habe, Kolbe!«

Der Kommissar hob beschwichtigend die Hände. »Ja, sorry, ich weiß, es war«, er blickte kurz zu einem der geöffneten Fenster hinüber und senkte automatisch seinen Ton, als er weitersprach, »äußerst riskant und vielleicht nicht gerade zur Nachahmung empfohlen, aber ...«

Rieke Voss schüttelte energisch den Kopf. »Es war vollkommen idiotisch! Um ein Haar wären Sie aufgeflogen, und damit hätten Sie uns beide reingerissen.«

Kolbe erwiderte nichts. Er sah seine jüngere Kollegin geduldig an und wartete ab.

»Wissen Sie, was es mich gekostet hat, Vreede zum Tee zu überreden?« Sie lachte laut auf und fasste sich dabei an die Stirn. »Unfassbar. Der Mann hält mich jetzt wahrscheinlich für nymphoman.«

Kolbe dachte daran, dass dies auch sein Eindruck von ihr gewesen war, als sie sich vor einiger Zeit das erste Mal auf der Fähre nach Langeoog begegnet waren. Aber das behielt er lieber für sich.

»Na, kommen Sie«, sagte er, »wir wollten doch ohnehin mit Vreede sprechen. Ich hoffe, die kleine Investition von einer Tasse Tee und einem Stück Butterkuchen mit Mandeln hat sich wenigstens gelohnt.«

Das hübsche Gesicht der Inselkommissarin hatte inzwischen beinahe die Farbe ihrer Sommersprossen angenommen. Sie überlegte offenbar, ob sie Kolbe von ihrer Unterhaltung mit dem Fischer erzählen sollte oder nicht. Es schien ein harter Kampf zu sein, den sie mit sich selbst ausfocht.

»Er ist dabei gewesen letzte Nacht«, presste sie schließlich hervor.

»Woraus schließen Sie das?«, hakte Kolbe nach. »Oder hat er es etwa zugegeben?«

Sie sah ihn an, als käme er von einem fremden Stern. »Natürlich nicht. Aber er kann genauso schlecht lügen, wie Sie Dienstvorschriften einhalten.«

»Vielen Dank für die Blumen«, sagte Kolbe. Er grinste dabei.

Rieke Voss trat einen Schritt auf ihn zu und tippte ihm mit dem Zeigefinger so hart gegen den Brustkasten, dass es schmerzte.

»Sie scheinen das Ganze als Spiel oder was auch immer zu sehen, ich versuche hier dagegen, meinen Job zu machen. Aber ich hab echt keinen Bock, Ihren gleich noch mit zu erledigen.«

»Wir waren bei Vreede stehengeblieben«, erinnerte Kolbe.

Sie stieß einen ärgerlichen Laut aus, drehte sich kurz zum geöffneten Fenster um. Als sie sich wieder ihrem Kollegen zuwandte, war ihr Gesicht ernst.

»Vreede hat ausgesagt, dass er gestern nach Einbruch der Dunkelheit nicht mehr aus dem Haus gegangen ist. Dabei hat er mehrfach betont, seine Frau Herta könne das bezeugen. Verstehen Sie? Er hat so deutlich darauf hingewiesen, dass selbst dem Beschränktesten unter uns klar sein muss, dass er sie vorher entsprechend gebrieft hat.«

»Dann können wir vergessen, an seinem Alibi rütteln zu wollen«, bemerkte Kolbe.

»Das sehe ich komplett anders«, erklärte Rieke vehement. »Wir sollten genau da ansetzen und versuchen, die Frau in Widersprüche zu verstricken. Das wird sich auch auf Vreedes Argumentation auswirken.«

Kolbe breitete die Hände aus. »Bitte, tun Sie das. Gleiches könnten wir bei Florentine Hillmann versuchen, aber ich fürchte, da werden wir noch mehr auf Granit beißen.«

»Es zu versuchen, ist immer noch besser, als nichts zu tun«, hielt sie dagegen. »Apropos: Hat Ihre unglaublich clevere Aktion auf Vreedes Kutter eigentlich noch was anderes ergeben, als dass Sie sich Ihre Hose ruiniert haben?«

Kolbe blickte beiläufig an sich herunter, während er mit seiner rechten Hand in seiner Hemdtasche herumnestelte. Als er sie wieder hervorzog, hielt er den schwarzen Plastiksplitter in seiner Hand.

»Kleines Ratespiel gefällig? Wenn Sie mir sagen, was das ist, lade ich Sie auf ein zweites Stück Butterkuchen ein.«

»Sehe ich so aus, als würde ich das mit jedem machen?«, fragte sie und riss Kolbe das vermeintliche Beweisstück aus der Hand. Genau wie er zuvor drehte auch sie das wenige Zentimeter messende Teil zwischen ihren Fingern.

»Sieht nach einem Stück von einem Plastikgehäuse aus. Für Verpackungsmaterial ist es zu stabil. Ich tippe auf Unterhaltungselektronik oder etwas in der Richtung.«

»Nicht schlecht«, gab Kolbe zurück und forderte das Teil wieder ein.

»Wo haben Sie es gefunden?«, fragte Rieke.

»Zwischen den Planken von Vreedes Kutter. Sah aus, als wäre da an Deck was runtergefallen und geplatzt. Dieses Teil hat man dabei offenbar übersehen.«

Rieke Voss deutete mit ihrer Kinnspitze auf den Splitter in Kolbes Hand. »So wirklich der Hit ist das aber nicht, oder? War es das wirklich wert?«

Kolbe stopfte sein Fundstück in seine Hemdtasche zurück. »Ja, kann sein. Aber besser als nichts, oder? Jedenfalls solange wir nicht den geringsten Anhaltspunkt haben, wonach wir überhaupt suchen müssen. Denn den Container scheint ja nach wie vor kein Mensch zu vermissen.«

»Irgendjemand wird es früher oder später ganz sicher tun«, überlegte Rieke Voss laut.

Als sie im Büro eintrafen, mit nichts in Händen als einem Stück Plastik und ein paar vagen Ahnungen, trafen sie auf Gesa Brockmann, die sich mehr als erleichtert über ihr Erscheinen zeigte.

»Es gibt reichlich zu tun«, sagte sie und deutete den Korridor hinunter, in Richtung des Vernehmungszimmers.

»Da drinnen wartet Sascha Frahm. Ich wollte gerade anfangen, seine Aussagen zu Protokoll zu nehmen. Jetzt bin ich allerdings spontan dafür, dass das jemand von Ihnen beiden macht.« Sie fuhr sich flüchtig mit der Hand über ihre glänzende Stirn. »Ach ja, und auf der anderen Seite haben wir Jasmin Jacobsen und ihren Bruder. Die beiden wollen wissen, wie es um die Ermittlungen steht. War es nun Mord oder nicht?«

Die Chefin blickte ihren Kommissaren direkt in die Augen.

»Irgendwelche Erkenntnisse von der Spurensicherung?«, fragte Kolbe.

Gesa Brockmann schüttelte den Kopf. »Die Auswertung wird noch dauern. Das Einzige, was man mir vorab schon gesagt hat, ist, dass wir uns wohl keine großen Hoffnungen zu machen brauchen. Das Wasser hat die meisten Spuren zunichtegemacht. Bis auf die natürlich, die wir möglicherweise finden sollten, wie zum Beispiel die Schmauchspuren an Jacobsens Schläfe.«

»Und beim Container?«, fragte Rieke.

»Es ist wie die Wahl zwischen Pest und Cholera. Natürlich finden sich Aufbruchspuren am Container. Sie stammen von Vreedes Brechstange. Aber wie wir alle wissen, war er damit schon gestern Morgen zugange. Und dafür hat er ein ganzes Heer von Zeugen. Wird verdammt schwer werden, ihm nachzuweisen, dass er in der Nacht noch einmal damit zurückgekehrt ist, um seine Arbeit zu vollenden.«

»Man könnte glatt auf den Gedanken kommen, dass das alles eine abgekartete Sache war«, sagte Rieke. »Wie eine Inszenierung. Nicht mal für das Publikum hat man sorgen müssen.«

»Daran habe ich auch schon gedacht«, antwortete Gesa Brockmann. Sie beugte ihren Oberkörper nach vorne.

Kolbe nahm den Duft eines bei der Hitze allmählich versagenden Parfüms wahr.

»Ich habe in der Zwischenzeit ein wenig in Jacobsens Privatleben geforscht«, erklärte die Chefin. »Und was soll ich sagen? Ganz so korrekt scheint der gute Inspektor nun auch wieder nicht gewesen zu sein. Bei seinem Vorgesetzten hatte er einen guten Stand. Aber es soll hin und wieder zu Reibereien zwischen ihm und Frahm gekommen sein. Anscheinend stimmt da die Chemie nicht zwischen den beiden. Und noch etwas: Jacobsen hatte hohe Spielschulden. In seiner Freizeit hat er offenbar ein Casino nach dem anderen abgeklappert. Ihm stand das Wasser bis zum Hals.«

Gesa Brockmann erschrak über ihren letzten Satz, kaum dass er ausgesprochen war. Sie wedelte hektisch mit ihren Händen. »Sie wissen schon, wie ich das gemeint habe. Finanziell. Ich denke, dass Sie diese Punkte wissen sollten, bevor Sie jetzt in die Befragungen gehen.«

Kolbe und Voss nickten gleichzeitig. Der Kommissar deutete auf das Vernehmungszimmer. »Ich würde vorschlagen, wir …«

»Ich kümmere mich um Frahm«, warf Rieke Voss ein, griff nach einem Diktiergerät in einem der Ablagekörbe und marschierte los.

Gerret Kolbe und Gesa Brockmann sahen ihr hinterher, bevor ihre Blicke sich wieder trafen.

Die Chefin zuckte mit den Schultern. »Hauptsache, Sie beide werden sich irgendwie einig.«

Kapitel 17

Als Rieke Voss das Vernehmungszimmer betrat, blickte Sascha Frahm auf. Er saß auf einem der beiden Besucherstühle und drehte ein Glas in seinen Händen, in dem sich noch ein Schluck Wasser befand. Als ob er sich eben daran erinnert hätte, setzte er es an die Lippen und leerte es.

»Moin, Herr Frahm«, grüßte Rieke Voss und gab ihrem Gegenüber ein Zeichen, Platz zu behalten. »Wie geht es Ihnen im Augenblick?«

Frahm plusterte seine Wangen auf und ließ kurz darauf geräuschvoll die Luft entweichen. »Nicht besonders gut, fürchte ich. Jacobsens Tod ist schon ein ganz schöner Brocken. Hat mich ziemlich kalt erwischt.«

Rieke nickte, während sie sich auf den Stuhl gegenüber setzte. »Hatten Sie ein besonders kollegiales Verhältnis?«

Frahm gab einen leisen Seufzer von sich. »So würde ich das nicht gerade nennen. Wir waren oft zusammen im Einsatz, aber … es war nicht immer wirklich leicht mit ihm, falls Sie darauf hinauswollten.«

Genau das hatte Rieke im Sinn gehabt. »Wie muss ich mir das vorstellen?«

Frahm legte den Kopf in den Nacken und blickte kurz gegen die Decke. »Er war ziemlich rechthaberisch. Immer schon.«

»Wie lange arbeiten Sie schon zusammen?«

»Fast sechs Jahre. Damals war er ja schon ein alter Hase. Hatte seine Berufs- und Lebenserfahrung. Und das hat er uns jüngere Kollegen dann auch spüren lassen. Außer seiner eigenen Meinung gab es nichts, was er akzeptiert hätte.«

»Klingt schwierig«, warf Rieke ein.

»War es auch. Zumindest am Anfang. Aber wenn man erstmal wusste, wie man ihn zu nehmen hatte, ging es besser. Und das habe ich in den sechs Jahren immerhin gelernt.«

»Wussten Sie von seinem Privatleben? Von seinen Spielschulden, meine ich?«

Frahms Augen weiteten sich einen Deut. »Nicht wirklich. Oder sagen wir besser: Ich wusste, dass er eine Schwäche fürs Glückspiel hatte, aber er hat es eigentlich nur erwähnt, wenn er mal was gewonnen hatte.« Der Zollbeamte beugte sich nach vorne. »Wie schlimm ist es denn? Ich meine …« Frahm gestikulierte mit den Händen.

»Über die genaue Höhe ist mir nichts bekannt«, antwortete Rieke wahrheitsgemäß. »Aber es ist offenbar nicht ganz so trivial.«

»Ach du Schande«, sagte Frahm leise.

»Er hat mit Ihnen also nie über seine Geldsorgen gesprochen?«, fragte die Kommissarin.

»Nein«, antwortete Frahm. »Ich schätze, die Blöße wollte er sich mir gegenüber nicht geben.«

Rieke ging dazu über, den Kollegen des Toten nach der Tatnacht zu befragen, genau wie Kolbe es bereits am Morgen am Strand getan hatte. Dieses Mal war das Diktiergerät in der Tischmitte eingeschaltet.

»Sie fanden die Leiche um fünf Uhr siebzehn«, schloss Rieke nach einer Weile.

Frahm nickte und kratzte sich im Nacken. »War kein schöner Anblick.«

»Das ist es nie«, gab die Kommissarin zu bedenken und warf einen Blick auf die Notizen, die sie während der Befragung angefertigt hatte. »Sie sind also nach der Wachablösung beim Container auf direktem Weg ins Hotel zurückgekehrt. Herr Frahm, Sie kennen das Spiel ja. Ich muss Sie fragen, ob es jemanden gibt, der diese Aussage bestätigen kann. Jemanden aus dem Hotel vielleicht oder jemanden, den Sie auf dem Weg getroffen haben.«

Der Zollbeamte lächelte flüchtig. »Es war ja schon nach zwei, als ich mich vom Strand aus auf den Weg gemacht habe. Da war kein Mensch mehr auf der Straße und im Hotel …« Er hielt kurz inne, versuchte offenbar, sich die Abläufe der vergangenen Nacht in Erinnerung zu rufen. Er schüttelte den Kopf. »Gar nicht so einfach. Ich bin ja gleich auf mein Zimmer. Da gab es zwar jemanden an der Rezeption, aber …

Sie wissen ja, wie das ist. Ich habe nicht auf ihn geachtet und er sicher auch nicht auf mich. Ich bin direkt zum Aufzug gegangen und dann rauf in den dritten Stock. Ich war todmüde.« Er lachte leise. »Und konnte dann doch nicht richtig schlafen.«

Rieke lächelte. »Schon in Ordnung. Geht mir in Hotels auch meistens so.« Sie tippte mit der Spitze ihres Kugelschreibers auf ihrem Notizblock herum. »Sie sagten zwar, dass Jacobsen nicht mit Ihnen über seine finanziellen Sorgen gesprochen hat, aber wie sieht es mit dem Verhältnis zu seiner Frau und seinem Schwager aus?«

»Uff!«, machte Frahm und lehnte sich auf seinem Stuhl zurück. Er verschränkte seine Hände hinter dem Kopf.

»So schlimm?«, fragte Rieke lächelnd.

»Schlimmer. Ich glaube ehrlich gesagt, dass die Ehe der beiden nicht besonders glücklich war. Er hat jedenfalls oft abfällig über seine Frau gesprochen.«

»Inwiefern?«

»Sie hatte keinen hohen Stellenwert bei ihm«, führte Frahm weiter aus. »Das traf aber wohl auf Frauen im Allgemeinen zu. Ich glaube, er hat sie verdächtigt, ihn betrogen zu haben. Das Ganze ist aber wohl schon eine Weile her.«

Rieke nickte und machte sich zusätzlich zur Aufzeichnung noch ein paar Notizen.

»Was ist mit ihrem Bruder?«

»Mit Tremper?«, fragte Frahm und rang sich dabei ein Grinsen ab. »Ein ganz heißes Eisen. Dass der nicht Anwalt, sondern Makler geworden ist, wundert mich heute noch.«

»Sie kennen ihn? Oder sind ihm schon mal begegnet?«

Frahms Grinsen wurde breiter. »Auf einem Grillfest vom Zollamt. Jeder durfte seinen Partner mitbringen. Und Jacobsen hat nicht nur seine Frau, sondern auch noch gleich seinen Schwager mit angeschleppt. Die beiden scheinen irgendwie unzertrennlich zu sein. Also Jasmin Jacobsen und ihr Bruder, meine ich.«

»Haben Sie irgendetwas von Spannungen zwischen Jacobsen und Tremper bemerkt?«

Frahm winkte ab. »Mehr als das. Die konnten sich auf den Tod nicht … also sie konnten sich nicht ausstehen.«

»Gab es einen bestimmten Grund dafür?«, hakte Rieke nach.

Der Zollbeamte breitete die Arme aus und ließ sie wieder sinken. »Weiß man's? Die werden schon ihre Gründe gehabt haben, die beiden. Ich vermute, dass es dabei auch irgendwie um Geld ging.«

Rieke hob den Kopf. »Wissen Sie mehr darüber?«

»Nichts Genaues, wie Sie sich denken können. Aber Jacobsens Frau scheint eine Stange Geld mit in die Ehe gebracht zu haben. Inwieweit Jacobsen selbst darauf Zugriff hatte und ob es deswegen immer wieder zu Spannungen gekommen ist, kann ich nicht sagen.«

»Na, das war doch schon eine ganze Menge«, stellte Rieke Voss fest, klopfte noch einmal mit dem Kugelschreiber auf ihren Notizblock und nickte ihrem Gegenüber zu. »Das war's für den Moment, Herr Frahm. Ich gebe Ihnen Bescheid, sobald mein Kollege das Protokoll zum Unterschreiben fertig hat.«

Frahm nickte der Kommissarin zu und erhob sich von seinem Stuhl. »Geben Sie mir oder meinem Vorgesetzten Bescheid, sobald Sie etwas Neues erfahren?«

»Wird automatisch in die Wege geleitet«, versicherte Rieke.

Sie entließ Frahm aus dem Vernehmungszimmer und blickte ihm nach, wie er den Korridor hinunterschritt. Vermutlich würde er den Rest des Tages noch auf der Insel verbringen müssen.

»Alles in Ordnung mit ihm?«, fragte Gesa Brockmann von ihrer offenen Bürotür aus, als der Zollbeamte das Gebäude verlassen hatte.

Rieke Voss drehte sich zu ihrer Vorgesetzten um und zuckte mit den Achseln. »So richtig werde ich nicht schlau aus ihm. Ich glaube, er hat Jacobsen nicht sonderlich gemocht.«

»Was wiederum für ihn spricht«, entgegnete die Chefin, »denn irgendwie ist mir bis jetzt noch keiner begegnet, der Jacobsens Freund gewesen ist.«

Kapitel 18

»Gut«, sagte Gerret Kolbe gedehnt. »Ich fasse dann nochmal zusammen: Seit Ihrer Ankunft auf Langeoog ... das war gestern gegen vierzehn Uhr dreißig ... haben Sie beide keinen Kontakt zu Holger Jacobsen gehabt. Weder persönlich noch telefonisch. Sie beide sind im Hotel *Anna* untergekommen, wo Sie sich ein Apartment teilen. Den gestrigen Abend verbrachten Sie mit einem Essen im Restaurant und einem anschließenden ausgedehnten Strandspaziergang. Danach kehrten Sie in der *Weinperle* ein und tranken ein abschließendes Glas, bevor sie Ihr Apartment aufsuchten. Das war gegen dreiundzwanzig Uhr fünfzehn.«

Kolbe blickte von seinen Notizen auf und sah Jasmin Jacobsen und Dirk Tremper abwechselnd an. »Sie haben die Hotelanlage in der Nacht nicht mehr verlassen?«

»Das ist exakt das, was wir Ihnen zu Protokoll gegeben haben«, näselte Tremper und suchte dabei den Blick des Kommissars. »Und das würden wir sogar jederzeit unterschreiben.«

»Umso besser«, antwortete Kolbe, um ein halbwegs glaubwürdiges Lächeln bemüht.

In diesem Moment klopfte es leise an die Bürotür, die kurz darauf geöffnet wurde. Rieke Voss steckte ihren blonden Schopf herein, der auch hier leicht rötlich schimmerte. Sie gab Kolbe ein Zeichen. »Kann ich Sie kurz sprechen?«

Der Kommissar nickte den beiden anderen entschuldigend zu und war mit wenigen Schritten bei seiner Kollegin.

Sie traten beide auf den Korridor hinaus.

»Was gibt es denn so Dringendes?«, fragte er.

»Ich habe eben mit Frahm gesprochen«, erklärte Rieke. Sie hatte ihre Stimme zu einem Flüstern gesenkt. »Er hat was davon erzählt, dass Jasmin Jacobsen eine Stange Geld in die Ehe gebracht hat. Vielleicht könnten Sie nachforschen, wie das mit Jacobsens Spielschulden zusammenhängt.«

»Eine Stange Geld?«, fragte Kolbe achselzuckend. »Von wie viel reden wir da?«

»Keine Ahnung«, erwiderte Rieke Voss. »Fragen Sie die beiden doch einfach danach. Ach ja, Bruder und Schwester scheinen offenbar unzertrennlich zu sein. Sie gehen sogar zusammen auf Grillpartys, die das Zollamt Oldenburg schmeißt.«

»Klingt ja unglaublich aufregend«, gab Kolbe zurück. »Gibt es sonst noch was, das ich wissen müsste?«

Sie sah ihn schief an. »Ich denke, das reicht fürs Erste, oder nicht?«

»Danke«, antwortete Kolbe knapp und schlüpfte in das Büro zurück. »Sorry für die Unterbrechung«, sagte er lächelnd, als er sich auf seinen Stuhl fallen ließ.

»Ich nehme doch an, dass meine Schwester und ich jetzt gehen können«, sagte Tremper. Bis gerade noch hatte er das rechte Bein über das linke geschlagen. Jetzt setzte er sich aufrecht, beide Beine sorgsam nebeneinander, und entfernte ein unsichtbares Staubkorn von seiner hellen Anzughose.

»Sofort«, bestätigte Kolbe. »Nachdem wir die Frage nach Ihrem Alibi geklärt haben.«

»Alibi?«, fragte Jasmin Jacobsen. »Ich dachte, das sagt man nur in Fernsehkrimis so.« Sie hatte ihre penibel gezupften Augenbrauen leicht angehoben. In ihrem hellen Sommerkleid kam ihr langes Haar, das im einfallenden Sonnenlicht seidenmatt glänzte, besonders zur Geltung.

»Es ist ein gebräuchlicher Begriff, deswegen habe ich ihn verwendet«, erklärte Kolbe.

Tremper verzog verächtlich die Mundwinkel. »Sie haben ihn gebraucht, weil Sie unseren Aussagen misstrauen. Weil Sie *uns* misstrauen.«

Kolbe faltete seine Hände auseinander. »Nun ja, Sie müssen das verstehen. Da Holger Jacobsen offenbar weder einen Abschiedsbrief hinterlassen hat noch sonst etwas auf einen Suizid hindeutet, gehen meine Kollegin und ich davon aus, dass er ermordet worden ist. Natürlich liegt es mir fern, Ihnen etwas unterstellen zu wollen, aber wenn ich die Lage richtig deute, war Ihrer beider Verhältnis Herrn Jacobsen gegenüber mehr als nur ein wenig angespannt.«

Ein Schatten huschte über Jasmin Jacobsens Gesicht und ließ sie für einen winzigen Moment zerbrechlicher und verletzbarer denn je erscheinen.

»Unsere … Diskrepanzen mit dem Verstorbenen haben ihre Gründe und damit auch ihre Berechtigung«, erklärte Tremper kalt und sachlich. Wenn ihm die kurze Gefühlsregung seiner Schwester nicht entgangen war, so ließ er sich nichts anmerken.

Er war dein Schwager, Herrgott!, dachte Kolbe. Laut fragte er: »Wäre es zu viel verlangt, wenn Sie mir mehr über diese … Diskrepanzen erzählen würden?«

»Ich denke nicht, dass Sie das etwas angeht«, verfiel Tremper in seine alte Masche.

»Es geht hier um einen Mord«, erinnerte Kolbe mit scharfem Tonfall. Er deutete auf die Tür. »Natürlich können Sie beide jetzt da rausgehen und dieses Gebäude verlassen. Aber seien Sie sicher, dass ich mich trotzdem näher mit Ihrer Beziehung zu Jacobsen befassen werde. Es sei denn, Sie beide lassen sich doch noch einfallen, zu kooperieren!«

Tremper sprang auf. Mit einem Mal war sein Gesicht rot angelaufen und vor Wut verzerrt. »Jacobsen hat meine Schwester wie Dreck behandelt! Sehen Sie sie an! Und sagen Sie mir, ob sie so etwas verdient hat!«

»Ganz ruhig, Herr Tremper«, antwortete Kolbe vorsichtig und hob seine Hände an, bevor er mit seiner rechten auf den freien Stuhl deutete. »Bitte setzen Sie sich wieder hin.«

Tremper atmete lautstark. Dann schloss er seine Lippen und tat, worum ihn der Kommissar gebeten hatte.

»Jacobsen hatte viele Schwächen«, fuhr der Blonde nach einer kurzen Pause in ruhigerem Ton fort. »Eine davon war seine Spielleidenschaft. Sie führte nicht nur so weit, dass er sein eigenes bescheidenes Vermögen verlor, sondern … was der Gipfel der Unverfrorenheit ist … auch das meiner Schwester.«

Kolbe wandte seinen Blick und sah die Dunkelhaarige fragend an.

Jasmin Jacobsen tauschte einen kurzen Blick mit ihrem Bruder, bevor sie ihre Aufmerksamkeit ganz auf den Kommissar lenkte. »Unser Vater hat uns vor einigen Jahren ein großzügiges Erbe hinterlassen. Jeder von uns bekam eine Summe von zweihundertfünfzigtausend Euro ausgezahlt. Mein Bruder nutzte das Geld, um seine Existenz als Makler zu gründen. Ich hingegen legte den Großteil meines Erbes in Aktien an. Dummerweise beging ich dabei den Fehler, meinem Mann eine Vollmacht auf das Depot zu gewähren. Um seine Spielschulden zu begleichen, hat er die Aktien hinter meinem Rücken zu Geld gemacht.«

Tremper kommentierte die Worte seiner Schwester mit einem verächtlichen Laut. »Glauben Sie aber nicht, dass die Sache damit erledigt war. Er hat weiter gespielt. Und natürlich alles verloren.«

»Er hat also Ihr Vermögen veruntreut«, fasste Kolbe zusammen. »Das ist ein ziemlich schwerwiegendes Vergehen. Wann haben Sie das Ganze entdeckt?«

»Vor etwa drei Monaten«, antwortete Jasmin Jacobsen mit gefasster Stimme.

»Kam es zu einer Aussprache?«

»Es kam zu einem Streit«, verbesserte Tremper. Sein stechender Blick ruhte auf Kolbe. »Aber denken Sie ja nicht, dass Sie uns daraus einen Strick drehen können. Wir haben diese Auseinandersetzung intern geklärt und beigelegt. Zu dritt wohlgemerkt. Aber für Jasmin und mich war spätestens ab diesem Zeitpunkt klar, dass für meine Schwester nur noch die Scheidung von diesem Mann infrage kommt.«

»Nachvollziehbar.« Kolbe vollführte eine vieldeutige Handbewegung. »Aber Sie haben doch sicher darauf bestanden, dass Jacobsen den entstandenen Schaden ersetzt?«

»Natürlich haben wir das«, antwortete Tremper in einem Ton, der die stumme Frage ›Halten Sie uns etwa für blöd?‹ mitklingen ließ. Der Makler blickte auf seine linke Hand hinunter, wo sein Daumen damit beschäftigt war, an den

Nägeln seiner restlichen Finger entlangzufahren. »Das ist eine Sache, die Jasmins Scheidungsanwälte für uns geregelt hätten.« Tremper unterbrach seine Tätigkeit und sah zu Kolbe hinüber. »Aber das hat sich ja nun wohl alles erübrigt, nicht wahr? Das Geld meiner Schwester ist für immer verloren. Wir können es wohl schlecht von einem Toten zurückfordern.«

»Sieht so aus«, kommentierte Kolbe, während er auf sein Notizblatt blickte. »Kommen wir zurück auf die wahrscheinliche Tatzeit, die nach bisherigen Schätzungen in etwa zwischen zwei Uhr fünfzehn und fünf Uhr morgens liegt. Kann irgendjemand bestätigen, dass Sie beide sich zu diesem Zeitpunkt in Ihrer Apartmentanlage aufgehalten haben?«

Tremper fasste sich an die Stirn und schüttelte gleichzeitig den Kopf. »Wie Sie gerade richtig bemerkt haben, handelt es sich um Apartments. Meine Schwester und ich haben unseres nach dreiundzwanzig Uhr fünfzehn nicht mehr verlassen.« Der blonde Makler blickte kurz zu seiner Schwester hinüber. »Ich bin ihr Alibi, und sie ist das meine.«

»Ja«, antwortete Kolbe mit einem gequälten Lächeln, »genau das dachte ich mir schon.«

Kapitel 19

Gastwirt Bent Harders hörte den Telefonapparat bereits von draußen auf der Terrasse klingeln, wo er gerade zwei älteren Damen aus der Eifel Tee und hausgemachte Friesentorte servierte. Er nahm sich noch eben die Zeit, den beiden mit einem einstudierten Gratislächeln einen »guten Appetit« zu wünschen, bevor er, das runde Holztablett unter den linken Arm geklemmt, die drei Stufen ins Haus hinaufeilte.

»Herr Ober«, rief ihm jemand hinterher. Harders reagierte nicht darauf. Wo zum Teufel steckte Helga?

Harders eilte um den Tresen seines Ladenlokals, wischte sich in einer beiläufigen Bewegung den Schweiß von der Stirn und riss den Hörer vom Wandapparat.

»Moin, hier Harders Gasthof.«

»Ich bin es.«

Im gleichen Augenblick rief ein Gast durch die geöffnete Glastür erneut nach einem Ober.

Harders presste sich seine rechte Handfläche auf das freie Ohr. »Entschuldigung. Wer ist da?«

»Hier ist Rademacher, Menschenskind!«, kam es durch die Leitung.

Der Gastwirt blickte sich fahrig um. Es war später Nachmittag. Der Cafébetrieb lief auf Hochtouren und eben strömten wieder neue Gäste auf die Terrasse und besetzten den letzten freien Tisch.

»Was willst du?«, zischte Harders in die Sprechmuschel. »Kannst du nicht später anrufen? Ich habe …«

»Nein, jetzt«, unterbrach die Stimme des Apothekers. »Hör zu! Hör jetzt ganz genau zu!«

»Herr Ober! Wir wollen zahlen!«

Harders stieß einen leisen Fluch aus und drehte sich mit dem Rücken zur Terrassentür. Er erblickte die Serviceklingel am Rand des Tresens und bewegte sich darauf zu. Das gekräuselte Kabel des Telefonhörers wurde lang und länger. Harders streckte seine Hand nach der Klingel aus, machte seine Finger lang. Es fehlten nur wenige Millimeter.

Wo um alles in der Welt war Helga abgeblieben?

»HERR OBER!« Die Stimme von draußen. Vermutlich der Kerl von Tisch drei, der mit zwei wesentlich jüngeren Frauen da war und es jetzt auf einmal eilig hatte, weiterzukommen.

Harders' Finger streckten sich, dass es beinahe schmerzte. Irgendwo hinter ihm knirschte die Aufhängung des Telefons an der Wand. Die Fingerspitzen des Gastwirts berührten die kleine goldfarbene Klingel ... und stießen sie vom Rand des Tresens. Mit einem klirrenden Laut fiel das Utensil zu Boden und rollte auf den Dielen unter einen der Tische.

»Verflucht nochmal, was ist denn da los bei dir?«, zeterte Rademacher am anderen Ende der Leitung. »Ich hab dir gesagt, du sollst zuhören!«

»Gottverdammich!«, brüllte Harders zurück. »Was ist denn bloß los?«

»Es sind zwei Männer auf der Insel, die Fragen stellen. Sie klappern nahezu alle Hotels und Geschäfte ab. Gerade waren die beiden bei mir.«

»Was für Männer?«, fragte Harders. Er legte das Tablett auf dem Tresen ab. »Wovon zum Teufel redest du da?«

»Zwei Kerle, die sich für den Inhalt des Containers interessieren.«

»Scheiße«, flüsterte Harders.

Zur gleichen Zeit pfefferte der Gast an Tisch drei seine Serviette auf den Tisch und wechselte ein paar Worte mit seiner weiblichen Begleitung. Dabei nickte er immer wieder zu Harders herüber.

»Hör zu«, fuhr Rademacher in energischem Ton fort. »Ich weiß nicht, wer die Typen sind. Die sind auf jeden Fall nicht von hier, und Bullen sind es auch nicht.«

Harders stutzte innerlich. Er hatte den Apotheker noch nie ein solches Wort in den Mund nehmen hören. Aber vermutlich waren sie seit letzter Nacht inzwischen alle dabei, in einen solchen Fachjargon abzudriften. Der eine mehr, der andere weniger.

»Und was … was wollen sie?«, krächzte Harders. Er erschrak ein wenig vor dem Klang seiner eigenen Stimme.

»Informationen«, antwortete Rademacher pfeilschnell. »Sie zahlen sogar dafür, sagen sie. Für jegliche Hinweise, die mit der Containerware zu tun haben. Sie waren vor ein paar Minuten bei mir.«

»Hast du denen was gesagt?«

»Bist du verrückt? Natürlich nicht.«

»Ja, und … und was …?«

»Hör auf zu stammeln. Sie gehen die Straße herunter. Sie kommen genau auf dein Lokal zu.«

»Und was soll ich jetzt machen?«, fragte Harders. Der Schweiß drang ihm inzwischen aus allen Poren. Der Telefonhörer in seiner Hand fühlte sich klamm und fettig an. Der Gastwirt hielt ihn so fest gepackt, dass das altersschwache Plastik beängstigend knirschte.

»Du sollst vor allem die Klappe halten«, raunte Rademacher. »Du hast natürlich von dem Container gehört, auch von dem Aufbruch. Aber ansonsten weißt du nichts darüber. Klar?«

»Ist klar. Natürlich. Sag mal, bl… bleibt es bei dem Treffen heute Abend?«

»Natürlich. Das ist jetzt sogar wichtiger denn je!«

In der Leitung war nur noch ein Klicken zu hören. Der Apotheker hatte aufgelegt.

Hinter Harders betrat jemand den fast leeren Schankraum.

Der Gastwirt zuckte heftig zusammen, als er herumfuhr und im ersten Augenblick nur einen dunklen Umriss wahrnahm, der sich gegen das einfallende Sonnenlicht abzeichnete.

»Sagen Sie mal, hören Sie schwer?« Der Gast von Tisch drei, ein Schnösel mit aufgekrempelten Hemdsärmeln und Krawatte, näherte sich mit geöffneter Brieftasche, zog einen Zwanziger heraus und knallte ihn auf den Tresen.

Im Hintergrund tauchten zwei Männer mit Rucksäcken auf. Harders' Puls ging augenblicklich schneller.

»Ich weiß ja nicht, was mit Ihnen nicht stimmt, Meister«, sagte der Schnösel und deutete mit seiner zusammengeklappten Brieftasche auf Harders, »aber bei uns würden Sie so nicht lange überleben!«

Der Gast drehte sich um und wäre beinahe in die beiden fremdländisch wirkenden Männer hineingelaufen.

Der dunkelhaarige, sportlich wirkende Mann vollführte einen schnellen Ausfallschritt und wich dem scheidenden Gast aus.

Er lächelte und entblößte dabei zwei Reihen gepflegter Zähne. Er kam näher. Sein Partner folgte ihm.

Beide waren sie leger gekleidet. Der eine ein sauberes T-Shirt, der Zweite ein Polohemd mit dezentem Aufdruck. Die beiden Männer hatten sich jeweils eine teure Designer-Sonnenbrille an den Kragen gesteckt.

Harders fiel auf, dass er noch immer den verdammten Telefonhörer in der Hand hielt. Rasch wandte er sich um und hängte ihn ein. Das war schon mal richtig dämlich gelaufen.

Rasch befeuchtete er sich die Lippen und wandte sich dem Tresen und damit auch den beiden Männern zu.

»Guten Tag«, grüßte der schlanke Typ. Dabei lächelte er noch immer einnehmend … und irgendwie falsch, wie Harders fand. Aber vermutlich spielte ihm nur seine Fantasie einen Streich.

»Moin«, sagte er so gut gelaunt, wie es eben ging, und erwiderte das Lächeln auf seine Weise. »Was kann ich für Sie tun?«

Der Dunkelhaarige drehte sich demonstrativ zu der geöffneten Tür um, bevor er sich wieder an Harders wandte. »Gibt es hier vielleicht einen Raum, in dem wir ungestört miteinander sprechen können?«

»Es ist gerade sehr viel zu tun. Worum geht es denn?« Harders griff, um seine Worte zu unterstreichen, nach dem leeren Tablett.

Der Fremde wollte antworten, als sich plötzlich von hinten Schritte näherten.

»Sie haben geklingelt, Herr Harders?«

Die blonde Helga starrte ihn mit ihrem treudoofen Schlafzimmerblick an. Gleichzeitig strich sie ihre Schürze glatt und verzog ihre Lippen zu einem entschuldigenden Lächeln. »Ich habe noch eben in der Küche ausgeholfen.«

»Schon gut«, erklärte Harders und lächelte den beiden Fremden nervös zu.

Helga lächelte ebenfalls noch immer. »Ich übernehme das hier gerne«, sagte sie und wandte sich im gleichen Atemzug den beiden vermeintlichen Gästen zu. »Was darf es denn für Sie sein?«

Die Männer sahen Harders an.

Der Gastwirt trat behände nach vorne, packte Helga bei den Schultern und drehte sie wie ein Aufziehspielzeug um, damit es in die andere Richtung lief.

»Ich mach das hier schon«, herrschte er das Mädchen an. »Wenn du dich nützlich machen willst, dann sieh draußen nach, ob alles in Ordnung ist. Und nimm das hier mit!«

Harders drückte der verdutzt dreinblickenden jungen Frau das Tablett in die Hand und gab ihr ein Zeichen, damit sie sich so rasch wie möglich entfernte. Was sie auch tat, wobei sie sich jedoch auf dem Weg hinaus auf die Terrasse noch mehrfach umblickte.

»Entschuldigung«, sagte Harders flüchtig. Im selben Moment klingelte das Telefon hinter ihm erneut. Der Gastwirt spürte einen leichten Stich in seiner linken Brusthälfte.

»Vielleicht ist es doch besser, wir gehen nach nebenan«, schlug er vor, während er bereits seinen Tresen umrundete und auf eine Schiebetür am anderen Ende des Raums zusteuerte.

Rasch zog er sie auf und ließ die beiden Besucher eintreten.

Hinter der Tür befand sich ein kleiner Saal, der mitunter für Feierlichkeiten genutzt wurde. Drei Tische waren vorsorglich immer eingedeckt. Harders deutete auf den ersten und bot den beiden Männern einen Platz an.

Die Fremden zogen sich einen Stuhl heran. Auch Harders setzte sich.

»Nun?«, fragte er. »Sie machen es ja reichlich spannend. Warum sind Sie hier?«

Harders spürte, wie der Schweiß auf seiner Stirn zu perlen begann. Sehnsüchtig blickte er auf die Serviette mit den Muschelmotiven direkt vor ihm. Aber er wagte nicht, seine Hand danach auszustrecken, aus Angst davor, die beiden Kerle würden es ihm als ein Zeichen der Nervosität auslegen.

Der Dunkelhaarige hatte sich an die lange Seite des Tisches gesetzt und befand sich unmittelbar neben Harders.

Der andere Typ, der stämmige, befand sich genau gegenüber vom Gastwirt und starrte ihn aus seinen großen, murmelartigen Augen an.

»Sie haben sicher bereits von dem angespülten Container gehört«, begann der Lockige.

»Ja. Natürlich. Sicher.«

Der Mann neben ihm nickte. »Natürlich haben Sie das.«

Stille. Eine von der Art, die sehr rasch unangenehm wurde.

Harders fuchtelte mit den Händen herum. Er verfluchte sich insgeheim dafür, aber er konnte sie einfach nicht stillhalten.

»Ja, und … und was … was …«

»Wir wollen nicht lange um den heißen Brei herumreden«, fuhr der Fremde fort. »Wir wissen, was mit dem Container passiert ist. Okay?«

Beide Männer blickten Harders direkt in die Augen. Als hätten sie es einstudiert, dachte der Gastwirt und ahnte nicht, wie gefährlich nahe er der Wahrheit damit kam.

»Ja … okay«, stammelte Harders und blickte dabei von einem zum anderen. »Aber was habe ich damit zu tun?«

Die beiden Fremden wechselten einen vielsagenden Blick miteinander, der Harders ganz und gar nicht gefiel. Sein Puls ging schneller. Er hörte ihn hinter seinen Schläfen pochen. Gleichzeitig mischte sich ein hässlicher Kopfschmerz darunter, der wellenförmig auf- und abschwoll. Harders hätte schreien mögen. Verdammt nochmal, wie die Kerle ihn ansahen, so als wüssten sie was. Wann würden sie endlich den Teil loswerden, weswegen sie gekommen waren? Den Teil von den Informationen, den Teil, von dem Rademacher gesprochen hatte?

Rademacher, dachte Harders verächtlich. Der hatte gut reden. Der hatte den beiden vermutlich was vom Pferd erzählt und sich danach die Hände gerieben, wie er es immer so gerne tat. Rademacher. Der hatte Abitur, hatte studiert, kannte sich aus. Der wurde mit zwei wie denen eher fertig.

Aber Harders saß hier allein, und das Gefühl, dass die beiden ihn vom ersten Augenblick an durchschaut hatten, gewann immer mehr an Intensität.

»Wir glauben, dass Sie etwas mehr wissen als die anderen«, sagte der Gelockte an Harders' Seite plötzlich.

Der Gastwirt wollte aufbegehren, doch der Fremde hob die Hand und brachte ihn mit dieser Geste sofort zum Schweigen.

»Sie wissen, wo die Ware hingekommen ist.« Der Dunkelhaarige sah sich um. »Wer weiß? Vielleicht ist sie sogar hier irgendwo?«

Harders blieb still sitzen. Er zwang sich, seine Hände ruhig zu halten. Nicht nach der Serviette greifen. Nicht! Auch wenn ihm der Schweiß in dieser Sekunde über die buschigen Brauen in die Augen rann. Er blinzelte. Alles Mist, dachte er. Alles Mist. Hätte er sich bloß nicht darauf eingelassen.

»Hören Sie«, presste er endlich hervor. »Ich habe keine Ahnung, wovon Sie da reden. Natürlich habe ich von dem aufgebrochenen Container gehört, aber wenn Sie denken, dass ich … dass ich da mitgemacht habe, dann sind Sie auf dem Holzweg. Außerdem ist das ja wohl … eine ziemlich dreiste Unterstellung.«

Der Fremde lächelte Harders von der Seite an. Weiße Zähne in zwei sauberen Reihen. Aber seine Augen, dachte Harders … seine Augen sagten etwas anderes. Wussten etwas anderes.

»Wir sind nur an einer bestimmten Sache aus dem Container interessiert«, erklärte der Fremde. Er hob seine Hand und zog Harders einen der beiden Kugelschreiber aus der Brusttasche seines durchgeschwitzten Hemds. Dann griff er nach der Serviette und kritzelte ein paar Zahlen darauf. Anschließend hielt er Harders das Ergebnis vor die Nase.

»Das ist eine Nummer, unter der Sie mich erreichen können. Ich gebe Ihnen den guten Rat, davon Gebrauch zu machen. Höre ich bis heute Abend, sagen wir zweiundzwanzig Uhr, nichts von Ihnen, wissen wir, was wir von Ihnen zu halten haben.«

»Aber ...«

»Und wir werden daraus unsere Schlüsse ziehen. Okay?«

Nein, dachte Harders. Hier war gar nichts mehr okay. Hier lief gerade etwas gewaltig aus dem Ruder.

»Ja, aber ich sagte Ihnen doch ...«

Der Fremde rammte den Kugelschreiber nach vorne und traf Harders zwischen die Rippen.

Ein überraschter und gleichzeitig schmerzerfüllter Aufschrei wehte durch den Saal.

»Sie werden anrufen«, stellte der Fremde fest. »Und dann werden Sie mir die Stelle zeigen, an die Sie die Sachen gebracht haben.«

Der Dunkelhaarige schlug mit der flachen Hand auf den Tisch. Ein knallender Laut. Zwei Weingläser kippten klirrend um.

Die beiden Männer standen gleichzeitig auf und verließen den Saal ohne ein weiteres Wort.

Harders hörte, wie sich ihre Schritte durch den angrenzenden Schankraum entfernten.

Er sackte kraftlos vornüber. Ächzte leise. Die Geräusche um ihn herum begannen zu verschwimmen. Sie wurden durch ein dumpfes Pochen abgelöst, das von einem Moment auf den anderen seinen Schädel schmerzhaft ausfüllte.

Dazu das heftiger werdende Stechen in seiner linken Brusthälfte.

Scheiße, dachte Harders. Worauf hatten sie sich hier nur eingelassen?

Kapitel 20

»Jeder hätte es tun können«, lautete Gesa Brockmanns sauertöpfisches Fazit bei ihrem Besuch im Büro der beiden Inselkommissare. »Weil einfach jeder einen Grund hatte, Jacobsen den Hals umzudrehen.« Sie stand vor dem großen Flipchart, an das Kolbe und Voss Fotos und Namen geheftet hatten. Viele, die meisten sogar, waren mit roten Pfeilen verbunden. Sie alle führten letztlich in das Zentrum der Übersicht, in dem eine Aufnahme Jacobsens angeklebt war. Ein Foto, das ihnen seine Dienststelle übermittelt hatte.

Die Chefin drehte sich zu ihren beiden Ermittlern um. »Ich weiß ja, dass man über Tote nichts Schlechtes sagen soll, aber ich muss lange zurückdenken, wann mir das letzte Mal ein Stinkstiefel wie Jacobsen untergekommen ist.« Sie streckte ihre Hände aus, die kräftig und für eine Frau wenig grazil wirkten. »Sie müssen das um Gottes willen nicht kommentieren. Aber ich habe so das dumpfe Gefühl, als ob wir gegenwärtig in unserer Ermittlungsarbeit keinen Schritt weiterkämen. Wir stecken im Schlick fest, so wie der dämliche Container, der uns diesen ganzen Ärger eingebrockt hat.« Sie blickte von einem zum anderen. »Irgendwelche Einwände?«

Die hatte niemand.

»Dachte ich mir«, seufzte die Chefin. »Halten wir also fest: Wir wissen derzeit nicht, was sich in dem Container befunden hat. Ihr Plastikteilchen in allen Ehren, Kolbe, aber ich fürchte, darauf allein lässt sich keine logische Schlussfolgerung aufbauen. Es steht zu befürchten, dass wir das auch niemals erfahren werden, jedenfalls nicht von offizieller Seite. Weil nämlich bisher niemand den Verlust des Behälters gemeldet hat. Das lässt uns ganz schön dumm dastehen, vor allem gegenüber der Zollbehörde. Also, um es auf den Punkt zu bringen: Wir alle gehen davon aus, dass sich das Zeug noch auf der Insel befindet. Wir werden also eine Suchaktion einleiten müssen. In begründeten Verdachtsfällen werde ich persönlich einen Durchsuchungsbeschluss beim Richter erwirken.«

»Alles, was wir augenblicklich haben, sind Verdachts-momente«, erklärte Kolbe vorsichtig. »Die erstrecken sich auf Hillmann und Vreede. Wobei ich es auch für möglich halte, dass Rademacher dabei gewesen ist. Die drei scheinen irgendwie zusammenzugehören.«

Gesa Brockmann nickte langsam. »Ziemlich riskant. Wenn wir danebenliegen, können wir uns gewaltigen Ärger einhandeln. Vor allem bei Rademacher. Das ist ein ziemlich windiger Hund. Irgendwelche anderen Vorschläge, wie wir weiter verfahren wollen?«

»Ich werde die Alibis von Sascha Frahm, Jasmin Jacobsen und Dirk Tremper überprüfen«, schlug Rieke Voss vor. »Zumindest die letzten beiden haben meiner Meinung nach ein starkes Motiv gehabt. Frahm möglicherweise auch, da bin ich mir noch nicht sicher.«

»Gut«, antwortete die Chefin. »Am besten, Sie klemmen sich gleich dahinter, Rieke. Vielleicht kann Ihnen Enno dabei helfen, er müsste gleich zurück sein.«

Rieke Voss nickte.

»Und Sie?«, wandte sich die Leiterin an Gerret Kolbe.

»Die entscheidende Frage für mich ist, ob Jacobsens Tod etwas mit der gestohlenen Containerware zu tun hat oder nicht. Vielleicht gelingt es uns, über den Raub an den Mörder heranzukommen.«

»Okay. Weiter.«

»Der Lehrer Hillmann scheint mir das schwächste Glied in der Kette zu sein. Ich werde ihm jetzt gleich nochmal einen Besuch abstatten. Ich denke, dass ich ihn zum Reden bringen kann, wenn mir seine Mutter nicht dazwischenfunkt.«

Gesa Brockmann hob fragend eine Braue. »Die alte Florentine? Ja ... sie ist eine ziemlich bemerkenswerte Person. Werde nicht schlau aus ihr. Also gut. Wir alle wissen, was zu tun ist. Heute Abend achtzehn Uhr besprechen wir Ihre Ergebnisse. Dann mal an die Arbeit. Und viel Erfolg Ihnen beiden.«

Nur etwa fünfzehn Minuten später stellte Gerret Kolbe sein Fahrrad an der kleinen Steinmauer vor dem Haus der Hillmanns ab. Er folgte den kippelnden Gehwegplatten durch den Wildkräutergarten, blieb vor der Haustür stehen und läutete.

Währenddessen senkte sich die Sonne langsam über der Insel. Noch immer war es heiß, und noch immer herrschte viel Betrieb auf den Straßen, Wegen und Wanderpfaden von Langeoog. Bis auf wenige Ausnahmen, auch Einheimische genannt, genoss hier so gut wie alles seinen Urlaub oder die Sommerferien.

Kolbe klingelte noch einmal, nachdem sich nichts gerührt hatte. Sein Blick fiel durch die Glasscheibe der Tür, hinter der verschwommen und ein wenig düster der Hausflur lag.

Jetzt endlich näherte sich jemand. Der Kommissar erkannte auf den ersten Blick, dass es sich um Florentine Hillmann handelte. Kurz darauf vernahm er bis hier draußen das leise Klicken ihres Blindenstocks.

Die alte Dame öffnete und hielt ihr Gesicht in den leichten Wind, der mit Kolbes Kleidung spielte.

»Guten Tag, Herr Kommissar.«

»Moin Frau Hillmann«, antwortete Kolbe leicht verdutzt. »Woher wussten Sie …?«

»Ihr Aftershave«, sagte die Frau und verzog ihre schmalen Lippen dabei zu einem dünnen Lächeln. »Ich habe es heute schon einmal gerochen.«

»Natürlich«, gab der Kommissar zurück. Für einen winzigen Augenblick fühlte er sich klein und ertappt wie ein Schuljunge. Die alte Frau war eine unbedingte Respektsperson, selbst Kolbe konnte sich davon nicht ganz freimachen.

»Ich würde gerne nochmal mit Ihrem Sohn sprechen«, sagte er. »Ist er da?«

»Er ist vor einer halben Stunde auf sein Zimmer gegangen«, antwortete Florentine. »Treten Sie doch ein. Ich werde ihn für Sie holen.«

»Vielleicht sagen Sie mir einfach, wo das Zimmer liegt«, schlug Kolbe vor, während er die Tür hinter sich ins Schloss drückte.

Die alte Frau drehte ihren Kopf in seine Richtung und reckte das Kinn in die Höhe. »Ich bin nur blind, Herr Kommissar. Nicht gebrechlich.«

»Verzeihung«, entfuhr es Kolbe, »dann werde ich Ihnen einfach folgen.«

»Hier entlang«, wies ihn Frau Hillmann an und bewegte sich erstaunlich rasch und zielsicher durch den Flur. Sie passierten die Küche, in der auf der Ablage einer Eckbank ein Radio Schlagermusik dudelte.

»Hier vorne ist es«, sagte sie und deutete mit der Spitze ihres Stocks auf eine breite, weiß lackierte Tür.

Florentine Hillmann klopfte mit ihren knochigen Fingern dagegen.

»Guido! Besuch für dich!«

Sie warteten ab. Kolbe schwitzte in der Enge des Raums. Das Haus war aufgeheizt und nirgends schien ein Fenster offen zu sein.

Erneutes Klopfen. Dieses Mal energischer, sodass Kolbe schon befürchtete, die alte Dame könne sich einen ihrer knorrigen Finger brechen.

»Guido, hörst du nicht? Es ist jemand hier, der dich sprechen will!«

Es folgte keine Reaktion.

»Darf ich?«, fragte der Kommissar. Er wartete keine Antwort ab, sondern schob sich an der alten Dame vorbei. Dieses Mal klopfte er, wartete zwei Sekunden und drückte dann die Klinke herunter.

Die Tür schwang leise knarrend nach innen auf. Das Zimmer war leer.

»Er ist nicht da, richtig?«

Kolbe konnte sich nicht erinnern, wann er das letzte Mal so viel Bitterkeit in der Stimme eines Menschen vernommen hatte.

»Ja«, sagte er, »Ihr Sohn scheint nicht zu Hause zu sein.«

Florentine Hillmann presste ihre Lippen zu einem dünnen Strich zusammen.

»Haben Sie eine Ahnung, wo er hingegangen sein könnte?«, fragte der Ermittler.

»Ich denke schon«, presste die Alte hervor. »Er wird wieder bei ihr sein, wie ich vermute.«

»Bei ihr? Wer ist das?«

»Die Frau mit dem Textilladen. Frauke Ritter.«

Sieh an, dachte Kolbe. Er warf einen flüchtigen Blick in das Zimmer des jungen Hillmann. Das Bett war ordentlich gemacht. An der rechten Wand war ein Flachbildfernseher befestigt. Auf der Kommode darunter befanden sich einige andere technische Geräte. Eine separate Festplatte, eine Spielkonsole, ein Blu-Ray-Player und ein abmontierter Satellitenreceiver.

»Hübsch hat er's hier«, sagte der Kommissar. »Haben Sie etwas dagegen, wenn ich mich hier kurz umsehe?«

»Tun Sie, was Sie tun müssen«, antwortete Florentine. Sie blieb vor der Tür stehen, während Kolbe das Zimmer betrat. Die alten Dielen knarrten leise unter seinen Füßen. Im Gehen zog er den Plastiksplitter hervor und verglich ihn zunächst mit dem Receiver und schließlich mit dem Blu-Ray-Player. Keinerlei Übereinstimmung, weder in der Farbe noch beim Schriftzug des Herstellernamens. Das wäre auch zu schön und vielleicht zu einfach gewesen. Mit einem kurzen Achselzucken steckte Kolbe sein Indiz wieder weg, vollführte eine halbe Drehung im Zimmer, bevor er zur Zimmertür zurückkehrte.

»Haben Sie gefunden, wonach Sie gesucht haben?«, fragte die alte Dame.

»Nicht wirklich«, murmelte Kolbe, als er sich an ihr vorbeidrückte. »Bei Frauke Ritter könnte er sein, sagten Sie. Kann ich etwas Persönliches fragen? Hat Frau Ritter ein Verhältnis mit Ihrem Sohn?« Hatte Kolbe einen Grund für diese Frage gehabt? Die Antwort lautete: Ja. Er wusste nicht viel vom jungen Hillmann, außer dass er Lehrer an einer Grundschule auf dem Festland war, mit vierzig Jahren noch bei seiner Mutter wohnte und anhand des Fantrikots an der Wand eine Schwäche für den VfL Oldenburg hatte. Eine Frau in Hillmanns Leben ... natürlich war das denkbar. Aber es hatte in dieser ganz besonderen Situation irgendwie einen merkwürdigen Beigeschmack, fand Kolbe.

»Es interessiert mich nicht, was er mit dieser Frau hat«, antwortete Florentine Hillmann, drehte sich abrupt um und ging zurück in Richtung der Haustür.

Kolbe folgte ihr auf dem Fuß und verabschiedete sich.

»Herr Kommissar?«, rief Florentine Hillmann, als Kolbe schon beinahe bei der Gartenpforte war.

»Ja?«

»Guido ist kein schlechter Junge. Ich habe ihn anständig erzogen. Falls jetzt etwas passiert sein sollte, ist ganz allein dieses Weibsstück daran schuld.«

Noch ehe Kolbe antworten konnte, hatte die alte Dame die Tür ins Schloss geworfen.

Der Ermittler blickte ihren dunklen Umrissen hinter dem Glas nach, wie sie mehr und mehr verschwammen, bis sie nicht mehr zu sehen waren.

Kolbe fragte sich, wie viel Florentine Hillmann wirklich wusste. Vieles sicherlich, möglicherweise sogar alles. Wussten Mütter nicht immer alles?

Für einen Augenblick war er versucht, noch einmal zum Haus zurückzugehen. Aber wozu? Er wusste, dass er bei Hillmann an der richtigen Adresse war, und er wusste, wo er den Lehrer finden würde.

Kapitel 21

»Na siehst du«, sagte sie in gedämpftem Ton, mit ihrer dunklen Stimme. Dabei fuhr sie ihm mit den Fingern ihrer rechten Hand durch sein Haar. In ihrer linken hielt sie ein Glas braunen Rum, das sie dem Lehrer reichte. »Dann ist der Besuch der beiden Polizisten in deinem Haus doch relativ glimpflich verlaufen.«

»Relativ«, wiederholte Hillmann, begleitet von einem humorlosen Lachen. »So kann man es ausdrücken. Ich bin währenddessen tausend Tode gestorben.« Er drehte sich zu Frauke Ritter um, die am Fenster ihres Wohnzimmers stand und durch den Lamellenvorhang nach draußen auf die Straße spähte. »Ich denke immer noch, dass wir alle zusammen einen großen Fehler gemacht haben. Wir … wir hätten das einfach nicht tun dürfen.«

Sie drehte sich zu ihm um. Das Lächeln war von ihren weichen Lippen verschwunden. »Wovon sprichst du?«

»Na, von der Sache mit dem Container«, platzte es aus ihm heraus. »Was hast du denn gedacht?«

Sie deutete auf das halbvolle Glas in seiner Hand. »Trink das. Es wird dich beruhigen.«

Guido Hillmann starrte auf die goldbraune Flüssigkeit, als ob es Batteriesäure wäre. Widerwillig setzte er das Glas an die Lippen, trank einen kleinen Schluck und verzog das Gesicht.

»Die beiden Kommissare werden nicht lockerlassen«, sagte er. »Die kommen so lange wieder, bis sie bei einem von uns was finden. Und dann noch die Sache mit dem Toten. Frauke, ich … ich weiß nicht, ob ich das alles durchstehe.«

Die Blondine wandte sich vom Fenster ab, trat einen Schritt auf ihn zu und packte ihn bei den Schultern.

»Du musst, hörst du? Wir hängen da jetzt alle mit drin, ob wir wollen oder nicht. Keiner kann jetzt zurückrudern.«

»Aber …«

»Du musst jetzt vor allen Dingen die Nerven behalten. Solange die Polizei nichts findet, wird sie auch keinem von uns was nachweisen können.«

»Und wenn sie doch etwas finden? Was dann? Dann fliegen wir alle auf!«

Sie kniff ihn kameradschaftlich in die linke Wange. »Das werden sie nicht. Dafür werden wir schon sorgen. Zunächst mal sind die Sachen sicher untergebracht, auch wenn sie da nicht lange bleiben können.«

Es klingelte an der Haustür.

Hillmann fuhr herum. Der Alkohol schwappte über den Rand des Glases und tropfte auf den Teppich. Der Lehrer registrierte es kaum. »Wer ist das? Erwartest du Besuch?«

»Das wird Harders sein«, antwortete sie. »Oder einer der anderen.«

Seine Augen wurden groß. »Was denn, jetzt schon? Es ist doch viel zu früh!«

Frauke Ritter löste sich und begab sich zur Wohnzimmertür. Dort drehte sie sich kurz zu ihm um. »Wir haben unser Treffen vorgezogen. Es gibt da nämlich etwas, das du noch nicht weißt.«

Hillmann starrte sie an. »Was soll das heißen? Wovon sprichst du? Frauke!«

Doch Frauke beachtete ihn nicht mehr. Sie hatte sich vom Türrahmen gelöst und war in der kleinen Diele verschwunden.

Hillmann hörte, wie sie die Haustür öffnete. Leises Stimmengemurmel war zu hören. Dann wurde die Tür wieder geschlossen. Schritte näherten sich.

In der Tür tauchte Harders auf. Hillmann erschrak, als er den Mann sah. Der Gastwirt wirkte, als sei er in den letzten Stunden um Jahre gealtert. Nur in seinem Blick, da flackerte und loderte es rastlos. Der Mann trat auf Hillmann zu, starrte an ihm vorbei oder durch ihn hindurch. Alles, was ihn zu interessieren schien, war das Glas Rum, das er dem Lehrer wortlos aus der Hand nahm, in einem Zug leerte und geräuschvoll auf der Anrichte neben dem Fenster abstellte. »Lass uns nach drüben gehen, Frauke«, presste Harders hervor und wischte sich dabei mit dem Handrücken über seine Lippen. »Jetzt gleich.«

»Einen Augenblick mal«, schaltete sich Hillmann ein. »Was ist hier eigentlich los?« Er wandte sich an die Hausherrin.

155

»Was hatte das eben zu bedeuten, von wegen, es gibt da etwas, von dem ich noch nichts weiß?« Hillmanns Blick irrte zwischen Frauke Ritter und Harders hin und her.

»Hast du es ihm noch nicht gesagt?«, fragte der Gastwirt in Richtung der Blonden.

»Ich wollte damit warten, bis wir alle beisammen sind«, antwortete die Unternehmerin.

Harders nickte, trat auf Hillmann zu und sah ihn aus unterlaufenen Augen an. Dabei hing ihm eine Strähne seines Haars wirr in die Stirn. »Junge, da sind zwei Leute auf der Insel, von denen du nur wissen musst, dass die absolut keinen Spaß verstehen.«

»Sie sind wegen des Containers hier«, warf Frauke Ritter ein, die sich jetzt ebenfalls ein Glas Rum einschenkte.

Hillmanns Augen weiteten sich. »Wegen des Containers? Verdammt, was hat das zu bedeuten?«

»Keine Ahnung, was die damit zu schaffen haben«, antwortete Harders. »Auf jeden Fall wissen die beiden Bescheid, und das ist schon zu viel. Deswegen müssen wir jetzt beratschlagen, was wir tun. Außerdem sollten wir endlich genauer untersuchen, was für einen Fang wir da eigentlich an Land gezogen haben.«

»In Ordnung«, entschied Frauke Ritter. Sie trank einen großen Schluck aus ihrem Glas, bevor sie es beiseitestellte. »Gehen wir.« Im gleichen Augenblick setzte sie sich in Bewegung und führte die beiden Männer durch das Haus, bis zu einer feuerfesten Tür, die in einen Anbau hinüberführte.

Ein großer, gefliester Raum, der Frauke Ritter als Abstellfläche, Werkstatt und Lager diente. In einer Glasvitrine an der Rückwand befanden sich einige Pokale und Fotografien, die eine junge Frauke Ritter als Radsportlerin zeigten.

Hillmann kannte das Möbelstück, er kannte auch die Bilder und die Preise. Er hatte sie bisher nur einmal kurz bewundern dürfen. Im vergangenen Morgengrauen, als sie die ganzen Kartons hierhergeschafft hatten. Daher kannte er auch das Geheimnis, das sich hinter der Vitrine verbarg.

Wortlos packte er mit an und half Harders dabei, das Ungetüm einen guten Meter nach rechts zu verrücken.

Mitten in der Wand war ein Durchlass zu erkennen. Ein dunkler, fensterloser Raum, nicht einmal halb so groß wie das Lager davor.

Frauke Ritter schritt voran und betätigte einen Schalter, der sich im Innern befand. Das Licht einer nackten Glühbirne flammte auf.

Im gleichen Moment klopfte es im Lagerraum von außen gegen die wuchtige Holztür.

»Das werden Vreede und Rademacher sein«, sagte Frauke Ritter und gab Hillmann ein Zeichen, die Tür zu öffnen.

»Lass dir vorher sagen, wer da ist«, raunte Harders dem Lehrer im Vorbeigehen zu.

Hillmann gefiel das nicht. Als er auf die aus dicken Brettern gefertigte Tür zuschritt und den Riegel beiseiteschieben wollte, spürte er die Nässe in seinen Handflächen. Er verharrte in der Bewegung, als er sich an Harders' Warnung erinnerte. »Wer ist da?«

»Ich bin's«, sagte eine Stimme.

»Den Namen«, verlangte Hillmann.

»Rademacher, Herrgott nochmal!«

Der Lehrer führte seine Bewegung zu Ende und schob den eisernen Riegel mit einem quietschenden Geräusch zur Seite. Die Tür sprang ihm ein kleines Stück entgegen, schwang dann wie in Zeitlupe auf und knarrte dabei in den Angeln.

In der sich langsam senkenden Sonne, in der flirrenden Hitze, die den Geruch der Holzschutzfarbe aus den Brettern lockte, wirkte Rademacher in seinem offenen weißen Apothekerkittel wie eine tragische Westernfigur.

Langsam trat er näher. Das Vordach über der Tür warf einen tiefen Schatten auf sein Gesicht und ließ, es somit noch verhärmter aussehen. Der Apotheker warf dem Lehrer einen grimmigen Blick zu, als er an ihm vorbei in den Lagerraum trat.

»Ist Vreede nicht bei Ihnen?«, fragte Hillmann.

Rademacher vollführte eine halbe Drehung, wirkte überrascht. »Ich dachte, er sei längst hier?« Er verstummte, rieb sich das Kinn, bevor er den Lehrer nachdenklich ansah. »Vielleicht ist er noch aufgehalten worden.«

Hillmann nickte. Er hatte es plötzlich eilig, die Tür wieder zu verschließen. Mit energischen Schritten durchmaß er den Raum und tauchte in die verborgene Kammer, in der sich teilweise aufgeweichte Kartons bis unter die Decke stapelten.

Frauke Ritter, Harders, Rademacher. Sie standen dicht beisammen und blickten Hillmann entgegen, der ein wenig abseits in der Nähe der Türöffnung stehen geblieben war.

Harders war der Erste, der sich rührte. Er drehte sich um, riss einen der Kartons vom Stapel. Dass sich gleich zwei weitere lösten und krachend auf den Betonboden fielen, schien ihn dabei nicht weiter zu stören. Mit bloßen Händen riss er den Karton auf und klappte den Deckel zur Seite. Mit fahrigen, unwirschen Bewegungen riss er das mit Luft befüllte Plastik-Verpackungsmaterial heraus. Er griff ins Innere und zog gleich zwei blau-weiße Schachteln heraus.

Hillmann erkannte, dass es sich um Blu-Ray-Player handelte. Neue, flache Produktionen. An die zweihundert Kartons und somit vermutlich etwa viertausend Geräte. So genau hatte es noch niemand von ihnen durchgerechnet. Wann auch? Es hatte die Zeit gefehlt.

Harders warf die Schachteln achtlos beiseite. »Wir müssen alles durchsuchen«, entschied er. »Notfalls müssen wir jeden verdammten Karton aufreißen.«

»Das werden wir ohnehin müssen, wenn wir das Zeug irgendwann wieder an den Mann bringen wollen«, warf Rademacher ein.

»Stopp!«, rief Hillmann plötzlich. Er hatte beide Hände erhoben und imitierte damit eine Geste, die er oft vor einer seiner Klassen vollzog, wenn der Lärmpegel wieder einmal über die Grenzen des Erträglichen gestiegen war.

Was bei seinen Schülern oft nicht klappte, funktionierte hier erstaunlicherweise umso besser.

Die drei anderen hielten die Klappe und starrten ihn, teils mit offenem Mund, an.

Hillmann war derart verblüfft über die erzielte Wirkung, dass er selbst einige Sekunden benötigte, um sich zu orientieren. »Ich will jetzt endlich wissen, was hier los ist. Was genau wollen die beiden Männer von uns? Wollen sie etwa den ganzen Plunder zurück?«

Harders ließ seine Hände sinken. »Nein, das glaube ich nicht. Die sind auf etwas anderes aus. Etwas, das irgendwo zwischen dem ganzen Zeug versteckt sein muss.«

»Und was soll das sein?«, fragte Hillmann.

»Woher soll ich denn das wissen?«, brüllte Harders. Er fuchtelte wild mit seinen Pranken umher. »Bin ich Hellseher, oder was? Ich habe von den beiden kleinen Scheißern eine Nummer gekriegt. Die soll ich bis spätestens heute Abend anrufen. Und falls ich das nicht tue, werden die mit mir kurzen Prozess machen!«

»Na, na, na«, warf Rademacher ein. »Jetzt mal langsam.«

Harders wirbelte herum. »Quatsch doch nicht so dämlich! Haben die beiden etwa bei dir im Hinterzimmer gesessen und dich in die Mangel genommen? Hättest du mir gleich gesagt, was das für Typen sind, hätte ich …«

Rademacher lächelte. Er nahm seine Brille mit den runden Gläsern ab und begann, sie mit einem Stück Kittel zu putzen. »Was hättest du, Harders?«, fragte er, während er die Gläser gegen das Licht hielt und sie sorgfältig betrachtete. »Gar nichts hättest du.«

Der Apotheker setzte die Brille wieder auf. »Und jetzt beruhigen wir uns erstmal wieder und überlegen in Ruhe, was zu tun ist.«

Harders stieß einen erschöpft klingenden Laut aus und ließ sich gegen die Wand aus Kartons sinken, die unter seinem Gewicht bedenklich ächzte.

»Die beiden Typen wollen etwas, was irgendwo hier drin versteckt sein muss«, erklärte Rademacher in ruhigem Ton. »Wir haben noch genügend Zeit. Wir werden es suchen, und dann wirst du es … was immer es auch ist … ihnen übergeben.

Und damit sollte die Sache gegessen sein. Für alle Beteiligten.«

»Es wird das Vernünftigste sein«, pflichtete Frauke Ritter bei.

Vernünftig, dachte Hillmann. Es gelang ihm nur mit Mühe, ein prustendes Lachen zu unterdrücken, das vermutlich schrill und hysterisch geklungen hätte.

In stiller Übereinstimmung machten sich die vier an die Arbeit. Letztlich ging es viel schneller, als sie angenommen hatten.

Rademacher war es, der auf den einen Karton stieß, der sich zwar äußerlich von den anderen in nichts unterschied, dessen Inhalt jedoch so gänzlich anders war und mit Technik nicht das Geringste zu tun hatte.

»Ich habe es gefunden«, sagte der Apotheker leise. Er hielt den Karton wie ein Neugeborenes in den Armen, als er damit direkt unter die von der Decke hängende Glühbirne trat.

Die anderen drei stellten ihre Suchaktionen auf der Stelle ein und ringten sich um den Apotheker.

Hillmann hatte zunächst Mühe zu erkennen, worum es sich handelte. Als ihm jedoch die ganze Tragweite ihres Funds bewusst wurde, stieg eine plötzliche, nie gekannte Hitze in ihm auf.

Kapitel 22

»Was für ein Tag«, stöhnte Enno Dietz, kurz nachdem er die Dienststelle betreten hatte. Der junge Polizeimeister hatte einen hochroten Kopf, vermutlich sogar einen Sonnenbrand auf Stirn und Nase.

Er warf seinen Rucksack auf seinen Bürostuhl und trat an den Kühlschrank heran, der sich mitten auf dem Korridor befand.

Zielsicher griff er eine Flasche Wasser heraus, drehte den Deckel ab und setzte sie an die Lippen.

Rieke Voss betrachtete ihn dabei durch ihre geöffnete Bürotür. Sie stand auf und ging auf ihn zu.

»Gibt es etwas Neues vom Strand?«, fragte sie. Dabei beobachtete sie mit einiger Faszination, wie der gesamte Inhalt der 0,5-Liter-Flasche gluckernd im Rachen ihres Kollegen verschwand.

»Die Leiche ist endlich abtransportiert worden«, sagte Enno, nachdem er die Flasche abgesetzt hatte. »Von der Spurensicherung gibt es noch keine Aussagen. Nicht vor morgen Nachmittag.«

Rieke nickte nachdenklich.

»Und bei Ihnen?« Enno lächelte verlegen und vermied wie beinahe immer den direkten Blickkontakt.

»Ich habe eben im Strandhotel angerufen. Man hat mir die Nummer des Mitarbeiters gegeben, der letzte Nacht Dienst hatte.«

»Das Strandhotel?«, fragte Enno. Dann nickte er und tippte sich gegen die gerötete Stirn. »Verstehe. Frahm und Jacobsen hatten jeder ein Zimmer da.«

»Der Angestellte hat mir am Telefon gesagt, dass Frahm tatsächlich um kurz nach zwei im Hotel aufgetaucht und dann mit dem Aufzug nach oben gefahren ist. Nur war er sich offenbar nicht darüber bewusst, dass ihn der Mann an der Rezeption doch wahrgenommen hat.«

»Hätte er doch sicher dann beim Verhör gesagt«, antwortete Enno. »Also ist alles genauso verlaufen, wie er es ausgesagt hat«, sagte Enno. »Ich habe das Protokoll übrigens so gut wie fertig.«

»Wenn alles richtig zusammenpasst«, überlegte Rieke laut, »hat Jacobsen zu diesem Zeitpunkt noch gelebt.«

»Seine Leiche wird gerade überführt«, erklärte Enno. »Und der Container wurde inzwischen auch von der Spurensicherung freigegeben. Keinen Moment zu früh, denn die Leute von der Baufirma Jensen stehen schon seit heute Morgen mit einem Bagger und einem kleinen Kran bereit. Die Männer fingen schon an, nervös zu werden.«

»Tja, die haben ihre Zeit ja auch nicht gestohlen«, bemerkte Rieke Voss.

»Ich habe die drei übrigens auf dem Weg hierher gesehen«, erklärte Enno, der sich vorsichtig seine Stirn betastete und dabei schmerzhaft das Gesicht verzog.

»Die drei?«, fragte Rieke. »Wen meinst du damit?«

»Frahm, Jasmin Jacobsen und ihren Bruder«, antwortete Enno. »Sie saßen eben noch draußen bei Lüders bei Kaffee und Kuchen.«

»Tatsächlich?« Rieke hielt kurz inne. Irgendetwas erschien ihr an diesem Zusammentreffen merkwürdig. Aber warum sollten sich die drei nicht treffen? Immerhin hatten sie sich schon zuvor gekannt und waren spätestens seit vergangener Nacht durch den Verlust Jacobsens in gewisser Weise miteinander verbunden. Wobei sich die Frage stellte, wer von ihnen den Todesfall wirklich als Verlust bezeichnen würde. Aber das stand wohl auf einem anderen Blatt.

»Was hast du jetzt zu tun, Enno?«, fragte Rieke.

Der Polizeimeister wirkte sofort wieder hellwach. Er deutete zu seinem Arbeitsplatz hinüber. »Ich würde dann jetzt das Protokoll für Herrn Frahm fertig machen, damit er es unterschreiben kann. In Ordnung?«

Rieke lachte. »Das ist schwer in Ordnung, Enno. Ich bin übrigens Rieke, und ich finde, es ist an der Zeit, dass wir uns duzen, findest du nicht?« Sie streckte ihm die Hand hin.

Der junge Polizeimeister wurde unter seinem Sonnenbrand feuerrot. Seine Augen bekamen einen besonderen Glanz, als er den Händedruck erwiderte. »Enno«, sagte er leise und irgendwie krächzend, weswegen er sich sofort räusperte und seinen Namen wiederholte.

»Prima«, sagte Rieke lächelnd. »Ich fand es halt doof, dieses Du und Sie ... alles durcheinander.«

Enno nickte und deutete zu seinem Platz hinüber. »Ich schreibe dann mal ... das Protokoll zu Ende.«

»Mach das. Legst du es mir gleich hin, wenn es fertig ist?«

Enno grinste und hob seinen rechten Daumen. Im nächsten Augenblick steuerte er bereits emsig auf seinen Platz zu.

Rieke Voss kehrte in ihr Büro zurück. Dort öffnete sie die mittlere Schublade ihres Rollschranks und kramte eine abgegriffene Ausgabe der Gelben Seiten heraus.

Für einen Moment blickte sie auf ihren stummen Telefonapparat und dachte nach. Dabei wurde sie das Gefühl nicht los, dass sie alle irgendetwas übersehen hatten. Noch immer lagen nicht alle Karten offen auf dem Tisch.

Würde sie etwas daran ändern können? Auf jeden Fall hatte sie noch einige Telefonate zu erledigen. Danach würde sie vielleicht mehr wissen.

Kapitel 23

Der Karton stand mitten auf dem Fußboden. Nicht mehr in dem kleinen, stickigen Raum bei den Blu-Ray-Playern, sondern nebenan. Und er war zugeklappt, so als wollte keiner der Anwesenden an das erinnert werden, was sie sich unwissentlich in der vergangenen Nacht ins Haus geholt hatten.

Hillmann saß auf einer alten Transportkiste und starrte gedankenverloren auf die Rollständer hinüber, an denen zahlreiche ausgemusterte Kleider, Pullover, Shirts und andere Dinge hingen, die in Frauke Ritters Ladenregalen vermutlich irgendwann dem Voranschreiten der Mode zum Opfer gefallen waren. Hillmann blickte auf ein geblümtes Kleid, ohne es wirklich zu sehen.

Was hatten sie getan? Was nur? Dazu beschlich ihn noch ein anderer Gedanke, der ihm letzte Nacht noch gar nicht in seiner ganzen Konsequenz klar geworden war. Sie alle waren letzte Nacht zusammen ans Ostende der Insel aufgebrochen, wo sie schließlich Jacobsen gefunden hatten. Was aber, wenn einer von ihnen bereits früher da gewesen war? Vielleicht, um für die richtigen Voraussetzungen zu sorgen. Vielleicht, um …

Ein Geräusch riss ihn aus seinen Gedanken. Ein leises Rütteln an der Brettertür. Vielleicht der Wind, dachte er. Er blickte zum einzigen Fenster hinüber. Es war fest verschlossen, der dunkle Vorhang zugezogen.

Wieder ein leises Rütteln an der Tür. So als würde jemand probieren, ob sie verschlossen war.

Wenn es Vreede war, warum klopfte er dann nicht?

Hillmann sah zu den anderen hinüber, die sich tuschelnd unterhielten. Stehend, um den Karton versammelt.

»Da ist jemand an der Tür«, sagte der Lehrer schließlich. Er deutete in die entsprechende Richtung. Erst dann erhob er sich und tat zwei Schritte auf die anderen zu.

Rademacher starrte ihn unwirsch an. Dann drehte er sich um. Auch die anderen blickten jetzt zur Brettertür hinüber.

Still. Nichts rührte sich.

»Vielleicht ist es Vreede«, sagte Frauke Ritter.

»Wenn es Vreede ist, würde er doch wohl klopfen«, murmelte Harders. Seine Stimme klang unheilvoll, düster.

»Ach, Unsinn«, antwortete Rademacher unwirsch. »Da ist nichts. Überhaupt nichts. Die Nerven haben unserem Schulmeister einen Streich gespielt.«

Sie alle wollten nur zu gern an diese Möglichkeit glauben. Trotzdem verharrten sie in ihrer Bewegung, hielten sogar für ein paar Sekunden den Atem an.

Etwas knirschte draußen im Kies. Ganz sachte nur, aber aufgrund der Stille unter ihnen dennoch unüberhörbar.

»Da ist jemand«, flüsterte Harders.

Rademacher drehte sich zu ihm um, legte einen Finger an seine Lippen und griff sich einen schweren Schraubenschlüssel von der kleinen Werkbank neben dem Durchgang ins Haus.

Mit leisen Schritten näherte er sich der Brettertür. Rademacher wechselte den Schraubenschlüssel in die linke Hand und beugte sich leicht zum Türschloss hinunter. Mit unendlich behutsamen Bewegungen schob er den Riegel zur Seite.

Hillmann hörte Frauke neben sich aufgeregt atmen, so als hätte sie gerade einen Kurzsprint absolviert.

Die Tür gab einen leisen, knarrenden Laut von sich. Ein wenig warme Helligkeit drang herein, bildete einen Keil, der sich vom dunkleren Boden abhob. Hillmann blickte auf die unzähligen Staubkörner, die sich in der Luft befanden und langsam nach unten sanken.

Rademacher wagte sich vorsichtig aus dem Türspalt. Der eindringende Wind spielte mit dem Saum seines Kittels.

Im nächsten Moment war der Apotheker verschwunden.

Hillmann und die anderen hörten seine Schritte im Kies knirschen, bis auch sie verstummten.

Lediglich die Tür, die vom Wind bewegt sachte hin und her schwang, erzeugte leise, knarrende Laute.

»Rademacher?«, fragte Hillmann und bewegte sich zwei weitere Schritte auf die Türöffnung zu.

Niemand antwortete ihm.

Plötzlich war von draußen ein klirrendes Geräusch zu hören. Nicht wirklich laut, sondern eher dezent. Wie ein schwerer Schraubenschlüssel, der aus etwa einem Meter Höhe in den Kies gefallen war …

»Die Tür!«, rief Frauke Ritter. »Schließt die Tür!«

Es war bereits zu spät. Hillmann, der sich in Bewegung hatte setzen wollten, stoppte abrupt ab, als Rademacher wieder in der Türöffnung auftauchte. Dieses Mal jedoch war er nicht allein. Ein stämmiger, slawisch wirkender Mann war bei ihm und versetzte dem Apotheker einen Stoß, der ihn in die Mitte des Raumes katapultierte.

Rademacher verlor das Gleichgewicht und schlug der Länge nach hin. Seine Brille flog ihm von der Nase und schlitterte bis zu den Kleiderständern über den Fliesenboden.

Der untersetzt wirkende Mann schlug die Tür zu und legte in der nächsten Bewegung den Riegel vor.

Im gleichen Augenblick tauchte im Hausdurchgang ein zweiter Mann auf.

»Oh Gott«, entfuhr es Harders, der unwillkürlich einen Schritt zurückwich.

Miroslav Stoica und Paco hatten den Weg zu ihnen gefunden.

Rademacher gab ein Stöhnen von sich. Als Frauke Ritter ihm aufhalf, verlief eine blutige Schramme mitten über das Gesicht des Apothekers.

»Ich sehe, wir sind hier richtig«, sagte Miroslav, der den Karton am Boden entdeckt hatte. Ein Lächeln huschte über sein Gesicht, das jedoch sofort wieder verschwand, als er Harders erkannte.

»Wir wollten uns nicht darauf verlassen, dass Sie anrufen«, sagte der Dunkelhaarige. »Deswegen haben wir jeden Ihrer Schritte verfolgt. Bis zu diesem Haus. Wir haben uns draußen ein wenig umgesehen und kamen zu dem Ergebnis, dass wir hier an der richtigen Adresse sind, wenn wir uns unser Eigentum zurückholen wollen.«

»Was soll das?«, herrschte Frauke Ritter, die als Erste ihre Fassung wiedergewonnen hatte, die beiden Männer an. »Wie sind Sie überhaupt ins Haus gekommen?«

Stoica lächelte. »Glauben Sie wirklich, dass wir uns von einem Türschloss aufhalten lassen?« Er ließ seinen Blick über die Anwesenden wandern, bis er auf Hillmann haften blieb. »Sie waren das also, hm? Sie haben den Container leergeräumt und spielen jetzt mit den Behörden und der Polizei ein bisschen Katz und Maus, hm?«

Rademacher ächzte. Er blinzelte die beiden Fremden an. »Hören Sie … möglicherweise ist das Ganze nur ein Missverständnis. Wir hatten keine Ahnung, dass Sie … Ich meine, wir wussten nichts von dem da!«

Rademacher deutete auf den Karton am Boden.

»Sie haben ihn geöffnet?«, fragte Stoica. Dabei tauschte er einen kurzen Blick mit seinem Partner.

»Wie gesagt«, antwortete Rademacher vorsichtig und gedehnt, »wir wussten nichts vom Inhalt. Hätten wir es auch nur geahnt …«

»Warum haben Sie das gemacht?«, unterbrach der Dunkelhaarige leise. Seine Stimme klang vorwurfsvoll.

Niemand sagte etwas darauf.

Stoica ließ seinen Rucksack von der Schulter gleiten, zog an einem Reißverschluss und tauchte seine Hand ins Innere. Als er sie wieder herauszog, hielt er eine Pistole mit Schalldämpferaufsatz darin.

Hillmann hörte, wie Harders irgendwo hinter ihm einen heiseren, entsetzten Laut ausstieß. Ähnlich wie Frauke Ritter, die ihre rechte Handfläche vor den Mund gehoben hatte. Rademacher hingegen hatte seine Lippen fest aufeinandergepresst.

Der Stämmige, der noch immer den Weg zur Brettertür versperrte, ließ seinen Rucksack zu Boden gleiten. Auch in seiner Hand lag eine schwarz glänzende Pistole mit Aufsatz.

»Das ist das Problem mit Leuten wie Ihnen«, fuhr Stoica leise fort. »Sie können einfach nicht hören, können sich nicht an Abmachungen halten.« Mit dem Lauf der Pistole deutete er auf Harders. »Wir haben ihm gesagt, er soll uns anrufen, um uns zu sagen, wo sich die Ware befindet. Alles, was wir wollten, ist dieser eine Karton. Wir hätten ihn stillschweigend mitgenommen, und Sie hätten den ganzen Rest behalten können. Aber jetzt …« Er schüttelte mit trauriger Miene den Kopf. Eine dunkle Locke fiel ihm dabei in die Stirn und verlieh ihm ein verwegenes Aussehen.

Die beiden Fremden entsicherten ihre Waffen.

Hillmann sah, wie Bent Harders zwei Schritte zurücktaumelte. Ein Stöhnen drang aus seiner Kehle, während er sich die rechte Hand auf die linke Brustseite presste. Sein Gesicht war dabei schmerzhaft verzerrt. Harders war kreideweiß. Noch immer in der Rückwärtsbewegung, prallte er unsanft gegen die hölzerne Werkbank und sank daran herab, bis er platt auf dem Boden saß. Es sah aus, als bekäme er keine Luft mehr.

»Verdammt, wir brauchen einen Arzt«, presste Rademacher hervor.

Der stämmige der beiden Besucher, Paco, schüttelte langsam den Kopf. »Von euch braucht niemand mehr etwas.«

Hillmann starrte den Fremden an, der auf den wehrlosen Harders anlegte. Er wusste, dass jemand etwas tun musste. Gleichzeitig fühlte er sich wie gelähmt. Das alles durfte nicht wahr sein. Er wartete auf den Augenblick, in dem er aus dem Schlaf hochfahren würde, schweißgebadet, aber in der glücklichen Gewissheit, dass alles nur ein Traum gewesen war. Aber dieser Moment würde nicht eintreten, weil dies alles wirklich passierte. Und er befand sich mittendrin.

Plötzlich erregte etwas seine Aufmerksamkeit. Es war etwas, das er zunächst nur aus den Augenwinkeln heraus wahrgenommen hatte.

Eine leichte Bewegung zwischen den ausrangierten Kleidungsstücken. Das geblümte Kleid, das von der Stange hing, hatte sich nur ganz kurz am unteren Saum aufgebauscht, als habe ein leichter Wind oder Zugluft es gestreift.

Dann passierte mit einem Mal alles unglaublich schnell und mit einer Intensität, die Hillmann das Blut in den Adern stocken ließ.

Der Metallständer flog beiseite und knallte gegen die Wand. Kleidungsstücke wirbelten durch die Luft und verteilten sich im ganzen Raum. Aus der Mitte dieses Durcheinanders kam Vreede mit einem gewaltigen Aufschrei hervorgesprungen. Etwas blitzte im Deckenlicht auf, als es durch die Luft auf Paco zuschoss. Der Fremde wirbelte herum, doch es war zu spät. Das Brecheisen traf ihn wie ein Speer an der Stirn und spaltete ihm auf der Stelle den Schädel.

Pacos Körper wurde nach hinten geschleudert, wie bei einem missglückten Salto, der sein jähes Ende auf dem harten Fliesenboden fand.

Vreede machte indessen einen gewaltigen Satz auf Miroslav Stoica zu. Der Dunkelhaarige riss seine Waffe hoch und gab einen Schuss ab. Ein scharfes »Plopp« war zu hören. Dann hatte ihn der Fischer erreicht und versetzte ihm einen Faustschlag ins Gesicht, dem er nichts entgegenzusetzen hatte.

Stoica flog nach hinten und prallte mit voller Wucht gegen die Tür, die in ihren Angeln erzitterte. Die Pistole wurde ihm dabei aus der Hand geprellt. Sie wirbelte durch die Luft und fiel kurz darauf irgendwo klappernd zu Boden.

Vreede stand da wie ein Baum. Die Arme leicht angewinkelt und die Finger gespreizt. Sein Atem ging stoßweise. Der rechte Hemdärmel war in Höhe des Oberarms zerfetzt und blutgetränkt. Der Fischer schien es noch nicht einmal bemerkt zu haben.

Hillmann starrte auf den Toten, der auf dem Rücken liegen geblieben war. Unter ihm hatte sich eine noch immer rasch anwachsende Lache aus Blut gebildet. Der Mann bei der Tür, Stoica, regte sich ebenfalls nicht mehr. Hillmann hielt es für wahrscheinlich, dass ihm die Wucht des Fausthiebs das Genick gebrochen hatte.

Als der Lehrer sich von der Transportkiste erhob, versagten ihm seine Knie beinahe den Dienst. Er blickte von einem zum anderen. Dabei wurde ihm eines unmissverständlich klar: Bisher war alles nur ein grausames Spiel gewesen. Jetzt allerdings hatten sie alle miteinander das Tor zur Hölle aufgestoßen.

Kapitel 24

Kolbe hatte zunächst geklingelt, dann geklopft. Ein altes Herrenrad, mattschwarz, mit breitem, geflicktem Sattel, lehnte an der Wand zu Frauke Ritters Haus.

Obwohl der Kommissar das Gefährt noch nie zuvor gesehen hatte, wusste er instinktiv, dass dieser Drahtesel nur zu Guido Hillmann gehören konnte.

Während er klopfte, fiel ihm auf, dass etwas mit der Haustür geschehen sein musste, denn sie schwang plötzlich nach innen auf. Eine kurze Untersuchung verriet dem Kommissar auch den Grund: Das Schloss war aufgebrochen worden und die Tür regelrecht aus der Zarge gehebelt.

Vorsichtig trat der Kommissar über die Schwelle.

»Hallo? Frau Ritter?«

Niemand antwortete. Im Haus war es verdächtig still, dafür, dass die Besitzerin des Textilladens eigentlich Herrenbesuch haben sollte.

Das änderte sich jedoch mit einem Mal, als Kolbe von irgendwoher einen dumpfen Schrei hörte und beinahe gleichzeitig das ploppende Geräusch eines Korkens, der mit viel Druck aus einer Flasche sprang.

Nur, dass Kolbe nahezu sofort wusste, was dieser Laut in Wirklichkeit zu bedeuten hatte. Mit einer routinierten Bewegung zog er seine Dienstpistole aus dem Schulterholster und entsicherte sie. Er nahm sie in beide Hände und drang weiter in das Haus ein. Er versuchte sich zu erinnern, aus welcher Richtung die Geräusche an seine Ohren gedrungen waren. Das war nicht unbedingt einfach, denn das Haus erschien ihm reichlich verwinkelt.

Über Umwege gelangte er schließlich in einen schmalen Flur, der das Haupthaus mit einem neueren Anbau verband.

Er kam an eine Tür, an der er vorsichtig lauschte.

Waren da Geräusche? Stimmen?

Kolbe glaubte, von der anderen Seite ein leises Scharren zu hören, so als schleife jemand einen schweren Gegenstand über den Boden.

Der Kommissar wechselte seine Waffe in die linke Hand und legte seine rechte auf die Klinke. Mit einem Ruck riss er die Tür auf und trat einen großen Schritt nach vorne.

»Polizei«, rief Kolbe. »Alles ...« Weiter kam er nicht. Er wusste nicht, was genau er hinter dieser Tür erwartet hatte. Das Bild, das sich ihm jedoch jetzt bot, überstieg bei Weitem seine kühnsten Vorstellungen und Fantasien.

Über den Lauf seiner Pistole hinweg erblickte er sie alle auf einmal. Sogar die kleinen Details nahm er wahr, jene Nebensächlichkeiten, die jedoch allesamt eine beunruhigende Wirkung hatten, so wie Rademachers blutige Schramme im Gesicht oder der Riss in seinem linken Brillenglas. Harders, der keuchend am Boden hockte, den Oberkörper leicht vornübergebeugt, wobei er sich beide Hände auf die Brust presste.

Hillmanns weit aufgerissene Augen und der Ausdruck der bedingungslosen Hilflosigkeit darin. Frauke Ritters emotions-loser Blick, als sei sie unter all ihrem Make-up zu Stein erstarrt. Und schließlich der letzte der Verschwörer: Baldo Vreede. Ihn mit einem Raubtier zu vergleichen, das bereit zum Sprung war, vielleicht auch bereit zu töten, wäre vielleicht zu klischeehaft gewesen, denn da war noch etwas anderes in seinem Blick als Mordlust. Möglicherweise Anzeichen des Vorhandenseins eines Gewissens.

Kolbe blickte auf den Toten in der Mitte des Raums. Das viele Blut, die rot verschmierte Brechstange ... all das verriet dem Kommissar bereits auf den ersten Blick, dass hier jede Hilfe zu spät kam.

Anders sah es möglicherweise bei dem zweiten Fremden aus, der gerade stöhnend versuchte, sich nahe der Tür aufzurappeln. Dabei glitt seine rechte Hand auf dem blutverschmierten Fußboden aus. Erst im zweiten Versuch kam er auf die Knie. Sein Gesicht war angeschwollen, seine Nase mit ziemlicher Sicherheit gebrochen.

Ihre Blicke begegneten sich. Kolbe erkannte in den Augen des anderen den stummen Hilfeschrei.

»Keiner rührt sich hier von der Stelle«, entfuhr es dem Inselkommissar. Langsam trat er näher an den Verletzten heran.

Dessen Augen weiteten sich, was Kolbe zur gesteigerten Vorsicht mahnte. Er hielt nach wie vor seine Waffe im Anschlag. Aus den Augenwinkeln bemerkte er eine Bewegung und wirbelte herum.

Die Mündung seiner Pistole zielte auf den massigen Körper Vreedes, der sich eben von der Seite hatte nähern wollen.

»Zurück, Vreede!«, rief Kolbe und deutete mit der Pistole zur hinteren Wand hinüber. »Ich meine es ernst! Sie alle nehmen jetzt die Hände hoch und gehen da rüber.« Ein rascher Blick nach rechts. »Sie auch, Hillmann. Worauf warten Sie noch?«

Der Lehrer zuckte heftig zusammen, riss seine Arme in die Höhe und wich zwei Schritte zurück, wobei er beinahe über Harders' ausgestreckte Beine gestolpert wäre.

»Was ist mit dem Gastwirt?«, fragte Kolbe, ohne dabei die anderen aus den Augen zu lassen.

»Ich fürchte, er hat einen Herzanfall«, erklärte Rademacher, der sich als Einziger wieder halbwegs gefangen zu haben schien. »Er braucht sofort einen Arzt. Erlauben Sie, dass ich sein Handy benutze?«

Rademacher setzte sich in Bewegung.

»Nein!«, rief Kolbe. »Bleiben Sie stehen, Rademacher! Auf der Stelle!«

»Aber Kommissar«, erwiderte der Apotheker mit einem milden Lächeln. »Wenn wir nichts unternehmen, wird er die nächste Stunde nicht überleben. Wenn er überhaupt …«

»Ich werde mich sofort darum kümmern«, erklärte Kolbe und winkte Rademacher zurück. Doch der Mann reagierte anders als vom Kommissar beabsichtigt.

Der Apotheker beugte sich über den leise ächzenden Harders. Gerade als Kolbe einschreiten wollte, richtete sich der Apotheker auf, drehte sich um und nahm die Hände hoch.

»Schon gut, Herr Kommissar. Wir tun, was Sie sagen. Wenngleich das Ganze hier ein ziemlich großes Missverständnis ist.«

»Ach ja?«, fragte Kolbe und blickte auf den Karton in der Mitte des Raums. Die Füße des Toten berührten ihn fast.

Langsam trat Kolbe näher, die Arme weiter vorgestreckt. Mit der Spitze seines rechten Schuhs klappte er den Karton auf. Er war angefüllt mit Dutzenden von eingeschweißten Päckchen, die ein weißes Pulver enthielten. Aber offenbar nicht nur das. Obenauf befand sich ein Plastikbeutel, der auf den ersten Blick etwas enthielt, das wie ein menschliches Ohr aussah.

Hier würde es noch viel aufzuarbeiten geben, dachte Kolbe.

Er blickte auf den Toten und die Brechstange und nickte dem Fischer zu.

»Ihr Werk, Vreede?«

Der Angesprochene antwortete nicht. Er hatte sich zwischen Frauke Ritter und Hillmann eingereiht und blickte stumpf zu Boden.

Kolbe trat nach rechts hinüber. »Können Sie sprechen, Harders?«

Zuerst ein leises Stöhnen. »J-ja …«

»Ich werde Ihnen jetzt einen Arzt rufen und dann …«

Kolbe registrierte die Bewegung links von ihm im allerletzten Augenblick.

Rademacher hatte eine Waffe mit Schalldämpfer aus seiner weiten Kitteltasche gerissen und legte in dieser Sekunde damit auf den Kommissar an.

Kolbe warf sich zur Seite, als der Schuss mit einem ploppenden Geräusch die Stille durchbrach.

Die Kugel schlug zwischen Harders und dem Kommissar in die hintere Wand.

Kolbe wirbelte herum und betätigte den Abzug seiner Waffe.

Das Schussgeräusch war in der Enge des Raums ohrenbetäubend.

Der Ermittler sprang nach vorne, auf Rademacher zu, der kurz zuvor aufgeschrien hatte und sich seine freie Hand auf den rechten Oberschenkel presste. Helles Blut sickerte zwischen seinen Fingern hindurch. Und noch immer schien Rademacher nicht aufgegeben zu haben, denn er versuchte, die Waffe erneut in Position zu bringen.

Kolbe war heran und trat mit seinem rechten Fuß zu.

Rademacher schrie auf, als ihm die Pistole aus der Hand geprellt wurde.

»Jetzt ist endgültig Schluss!«, brüllte Kolbe. Er bückte sich nach der fremden Waffe und nahm sie an sich. Sofort danach zog er sein Funkgerät hervor, stellte sicher, dass es richtig justiert war, und betätigte die Sprechtaste.

»Achtung, hier Kolbe! Ich benötige dringend Verstärkung in den Kirchpad Nummer drei!«

Kapitel 25

Etwa zu der Zeit, als Kolbe bei Frauke Ritters Haus ankam, traf Rieke Voss in dem Apartmenthotel Anna ein. Ein moderner Bau mit zahlreichen Balkonen, Terrassen und Grünflächen.

Sie wusste, wohin sie zu gehen hatte. Vor der Tür eines Terrassenapartments blieb sie stehen und klopfte.

Es dauerte nicht lange, bis ihr geöffnet wurde.

Rieke blickte in das Gesicht von Dirk Tremper.

Der Mann wirkte auf den ersten Blick wie ausgewechselt. Seine ansonsten bis zum Überdruss zur Schau gestellte Arroganz schien sich verflüchtigt zu haben. Er sah die Kommissarin mit ernstem Blick an.

»Ich habe mir schon gedacht, dass Sie kommen würden«, sagte er und gab ohne ein weiteres Wort die Tür frei.

Rieke Voss trat in einen hellen, freundlichen Flur.

»Sie haben mir etwas zu sagen, Herr Tremper?«, fragte sie, als sie sich zu ihm umdrehte.

»Ja«, sagte er leise. »Ja, das habe ich. Wollen wir … wollen wir vielleicht nach nebenan ins Wohnzimmer gehen?«

Die Kommissarin nickte. Sie folgte Tremper in einen gemütlich eingerichteten Raum mit modernen Möbeln und vielen Fenstern, die die Aussicht auf die Terrasse und auf die Dünenlandschaft ermöglichten.

»Ist Ihre Schwester nicht hier?«, fragte Rieke, als sie sich vorsichtig auf einem der grauen, gepolsterten Stühle niederließ.

Tremper setzte sich auf die Kante der Couch, stützte seine Ellenbogen auf den Knien ab. Er schüttelte den Kopf und deutete mit einem Nicken zu einem der Fenster hinüber. »Sie ist draußen irgendwo.«

»Worüber wollten Sie mit mir sprechen, Herr Tremper?«

Der Makler blickte auf, sah ihr direkt in die Augen, versuchte, darin zu lesen. »Sie wissen es, nicht wahr? Sie haben es herausgefunden. Und deswegen sind Sie hier.«

»Ich habe heute Nachmittag einige sehr wichtige Telefonate geführt«, räumte Rieke ein.

175

Er nickte, sah für einen Moment zu Boden.

»Dabei habe ich auch von der Lebensversicherung erfahren, die Jacobsen vor ein paar Jahren auf seinen Namen abgeschlossen hat. Soweit ich in Erfahrung bringen konnte, tritt die Versicherungsleistung hauptsächlich bei einem Tod durch Unfall ein. Bei Unfall … und bei Mord.«

Tremper hob seinen Kopf an. »Ja. Das ist richtig. Dann wissen Sie ja sicher auch, wer die begünstigte Person dieser Versicherung ist.«

»Das zu erraten, war nicht sonderlich schwer«, gab die Kommissarin zu. »Es handelt sich um Ihre Schwester Jasmin. Jacobsens Frau.«

Tremper fuhr sich mit der Hand über das Kinn. Er war unrasiert. »Jasmin und ich haben in den letzten Wochen viel darüber geredet. Was, wenn ihm nun plötzlich etwas zustoßen würde? Und wenn Sie erstmal mit solchen Überlegungen anfangen, kommen Sie ganz schnell an einen Punkt, an dem aus den anfänglichen Gedankenspielen plötzlich ernsthafte Überlegungen werden.«

»Sie haben überlegt, wie Sie Jacobsen loswerden können«, folgerte Rieke Voss.

Tremper nickte. »Jasmin und ich haben nahezu sämtliche Möglichkeiten in allen Variationen durchgespielt. In Gedanken. Zunächst. Und ja … auch Mord befand sich unter den Optionen. Die Versicherungssumme wäre Jasmin zugutegekommen. Ihr Vermögen wäre in dem Fall trotzdem weg gewesen, aber sie hätte wenigstens die Schulden ihres Mannes begleichen können. Das waren unsere Überlegungen. Und jetzt … ist Jacobsen tot, und ich weiß natürlich, was Sie jetzt annehmen müssen.«

»Sie lieben Ihre Schwester sehr, richtig?«

Der blonde Makler nickte. »Ja. Und ich würde alles tun, um Unheil von ihr fernzuhalten.«

»Alles … bis hin zum Mord?«, fragte Rieke.

Tremper schwieg.

»Es ist eine Sache, einen Mord zu besprechen, vielleicht sogar detailliert zu planen«, erklärte Rieke. »Aber diesen Mord dann tatsächlich zu verüben … dazu gehört schon eine ganze Menge. Zum Beispiel extrem starke Emotionen wie abgrundtiefer Hass oder blinde Verzweiflung. Und das alles kann ich im Augenblick bei Ihnen nicht erkennen, Herr Tremper.«

Er blickte auf. »Sie meinen …«

»Ich denke, Sie sollten nach draußen gehen und nach Ihrer Schwester sehen.«

Tremper saß für einen Moment wie verloren da. Dann erhob er sich langsam und wandte sich zu der Glastür, die nach draußen auf die Terrasse führte. Er zog den halb durchsichtigen Vorhang beiseite und öffnete sie. Noch in der Türöffnung drehte er sich zur Inselkommissarin um.

»Danke«, sagte er und war im nächsten Augenblick nach draußen verschwunden.

Kurz darauf war irgendwo hinter Rieke ein Geräusch zu hören. Eines, das ihr verriet, dass sich noch jemand in der Wohnung aufhielt.

Schritte näherten sich durch den Korridor. In der Türöffnung tauchte ein Mann auf.

»Mir war so, als hätte ich Ihre Stimme gehört«, sagte Sascha Frahm mit dem Anflug eines Lächelns.

Die Kommissarin wandte ihren Kopf in seine Richtung.

Der junge Zollbeamte trug inzwischen Zivil und hatte eine kleine, gepackte Reisetasche bei sich.

»Ich hörte vom Mitarbeiter im Strandhotel, dass Sie heute Nachmittag bereits ausgecheckt haben.«

»Richtig«, gab Frahm zurück. Er stellte seine Tasche auf die Kommode bei der Tür und kam näher. »Ich will mit einer der letzten Fähren zurück aufs Festland. Eigentlich bin ich nur noch hier, weil ich auf Ihren Anruf gewartet habe. Wegen des Protokolls.«

»Wollen Sie sich nicht setzen?«, fragte Rieke und deutete auf die frei gewordene Couch gegenüber. »Ich habe das Protokoll sogar dabei.« Sie zog einen Schnellhefter hervor, in dem sich das von Enno Dietz getippte Dokument befand.

Der Zollbeamte breitete lächelnd die Hände aus und kam näher. »Warum nicht?«

Er setzte sich ihr gegenüber, auf den vorgeschlagenen Platz.

Rieke Voss schob ihm den Schnellhefter hin, zückte einen Kugelschreiber und legte ihn dazu.

Frahm blickte sich um. »Nette Atmosphäre, nicht? Ich wünschte, ich könnte mir so etwas leisten.«

Die Kommissarin ließ die Bemerkung unkommentiert. »Warum sind Sie hier? Bei den beiden, meine ich.«

»Ich bin gekommen, um den beiden, hauptsächlich natürlich Frau Jacobsen, mein Beileid auszusprechen. Bei all dem Trubel war ich bisher noch gar nicht dazu gekommen. Darf ich?« Er deutete auf den Hefter.

Rieke vollführte eine einladende Handbewegung.

Sascha Frahm überflog die Zeilen und nickte mehrfach dabei. Als er auf der letzten Seite angekommen war, langte er nach dem Kugelschreiber und drückte die Mine herunter.

»Sind Sie sicher, dass Sie schon unterschreiben wollen?«, fragte die Kommissarin in diesem Augenblick.

Er hob den Kopf, blinzelte sie an. »Wieso sollte ich nicht?«

»Vielleicht gibt es noch etwas, das Sie Ihren bisherigen Aussagen hinzufügen wollen.«

»Und was sollte das sein … Ihrer Meinung nach?«

Sie zuckte mit den Schultern. »Vielleicht der Grund, warum Sie der Baufirma Jensen gesagt haben, dass der Bagger zum Bergen des Containers erst heute Morgen benötigt wird und nicht bereits gestern.«

Frahm sah sie einen Moment lang stumm an, dann legte er den Kugelschreiber auf den Hefter.

»Sie haben sich bei denen nach mir erkundigt?«

Rieke nickte. »Im Grunde nur eine Routineüberprüfung. Ich hatte das Glück, Arno Jensen selbst am Apparat zu haben. Und er sagte mir, dass er angeboten hatte, den Bagger sofort auf die Insel zu schicken. Sie aber haben betont, dass das Vorhaben nicht ganz so dringend sei. Mehr noch, Sie haben offenbar sogar darauf bestanden, dass die Baufahrzeuge erst heute Morgen mit ihrer Arbeit beginnen. Und da habe ich mich plötzlich gefragt, warum. Warum war Ihnen so sehr daran gelegen? Und plötzlich fiel mir auf, wie sehr alles zusammenpasste.«

»Was genau?«, fragte Frahm lächelnd. »Wovon reden Sie?«

»Ich spreche von Jacobsens immens hohen Spielschulden«, antwortete die Kommissarin. »Er hatte bereits das Vermögen seiner Frau veruntreut und steckte somit in doppelten Schwierigkeiten. Um an Geld zu kommen, war ihm anscheinend jedes Mittel recht. Und da kamen Sie ins Spiel, Frahm.«

»Ich bin sehr gespannt, was jetzt kommt«, sagte der Zollbeamte.

Rieke sah dem jungen Mann direkt in die Augen. »Ich fragte mich plötzlich, ob es etwas gegeben haben könnte, womit Jacobsen Sie in der Hand hatte. Also habe ich noch einmal mit Ihrem gemeinsamen Vorgesetzten telefoniert. Einem Mann namens Nielsen. Er berichtete mir von gewissen Spannungen zwischen Jacobsen und Ihnen. Jacobsen soll da gewisse Andeutungen gemacht haben.«

»Was für Andeutungen?«

»Über gewisse Dienstverfehlungen Ihrerseits. Mehr wusste Nielsen darüber nicht. Vielleicht, weil Jacobsen ihm ganz bewusst nur einen geringen Teil erzählt hat. Um Sie unter Druck zu setzen, Frahm.«

»Lächerlich.« Er lachte, behielt die Kommissarin dabei jedoch genau im Auge.

»Finden Sie? Soll ich Ihnen sagen, was ich glaube? Jacobsen hatte Sie in der Hand. Mit etwas, das Sie sich im Dienst geleistet haben müssen. Etwas, das so schwerwiegend war, dass Jacobsen auf die Idee kam, Sie damit zu erpressen. Er brauchte Geld. Viel Geld. Mindestens eine sechsstellige Summe.« Rieke Voss legte eine kurze Pause ein. »Sie besitzen ein Haus am Stadtrand von Oldenburg. Richtig, Frahm?«

»Ich habe es geerbt«, antwortete ihr Gegenüber monoton.

»Sie hätten es vermutlich verkaufen müssen, damit Jacobsen Ruhe gibt. Aber genau das wollten Sie nicht, wollten Sie unter gar keinen Umständen. Sie fingen an, Jacobsen zu hassen, was ich verstehen kann. Wäre mir genauso gegangen. Aber Sie gingen einen Schritt weiter. Sie überlegten, wie Sie den Mann loswerden könnten. Denn Sie wussten genau, dass Jacobsen immer wieder bei Ihnen ankommen würde, um Geld zu erpressen. Sie wollten nicht zulassen, dass er Ihr Leben ruiniert. Und dann kam dieser gemeinsame Einsatz auf Langeoog. Mit all den Begleitumständen, die für Sie günstiger nicht hätten sein können. Die Anfeindungen durch einige Insulaner, Jacobsens Verhalten den Leuten gegenüber. Und schließlich noch die Tatsache, dass sich Jacobsens Frau und ihr Bruder auf der Insel befanden, zu denen Sie ein sehr gutes Verhältnis haben. Sie wussten vermutlich von den Scheidungsabsichten und Sie wussten von Trempers Hass auf seinen Schwager. All diese Dinge haben Ihnen Mut gemacht, es zu versuchen. Sie sahen Ihre einmalige Chance, Jacobsen ein für alle Mal loszuwerden und wieder ein friedliches Leben zu genießen. Sie mussten nur noch einen geeigneten Augenblick abwarten.«

Eine kurze Pause entstand. Sascha Frahm wirkte ruhig. Er saß auf dem Rand der Couch, die Hände ineinander gefaltet, so als würde er einem spannenden Vortrag lauschen.

»Sie widersprechen nicht?«, hakte Rieke Voss nach.

Frahm schüttelte den Kopf. Er blickte zu dem Vorhang hinüber, der in diesem Moment durch die noch immer geöffnete Tür von einem leichten Windstoß bewegt wurde.

»Würde es etwas bringen, wenn ich alles abstritte?« Ein flüchtiges Lächeln huschte über sein Gesicht. »Vermutlich nicht. Weil Nielsen sicher jetzt bereits eigene Nach-forschungen betreibt und früher oder später das herausfindet, was auch Jacobsen durch einen dummen Zufall rausbekommen hat.« Frahm hob den Kopf. »Ja, es stimmt. Ich habe … wie haben Sie es genannt? … Dienstverfehlungen begangen. Ich habe vom Zoll beschlagnahmte Ware, die vernichtet werden sollte, beiseitegeschafft. Hauptsächlich Drogen. Ich hab sie nicht verbrannt, wie es Vorschrift gewesen wäre, sondern mit nach Hause geschmuggelt. Ich fing an, das Zeug zu verkaufen.

Bis ... ja, bis Jacobsen mir auf die Schliche kam. Da war es aus damit.«

Frahm erhob sich von der Couch und ging langsam zur Terrassentür herüber. »Es war genau, wie Sie gesagt haben. Anfangs tat er noch verständnisvoll und kameradschaftlich. Sagte, er müsse diesen Vorfall eigentlich melden, aber wir würden da schon eine Lösung finden, wie wir alle unbeschadet aus der Nummer herauskommen.« Frahm lachte leise auf. Er streckte seine Hand nach der Klinke aus und schloss die Glastür mit einem leisen Klicken. Langsam drehte er sich zu Rieke um, die jede seiner Bewegungen verfolgte.

»Es hätte mir gleich klar sein müssen, dass da nichts Gutes dabei herauskommt. Und tatsächlich kam Jacobsen eines Abends bei mir zu Hause vorbei, um mir seinen Vorschlag zu unterbreiten. Auf gut Deutsch: Er hat mich erpresst. Das Schwein hat mich unter Druck gesetzt. Er würde alles auffliegen lassen und dafür sorgen, dass mein Fall zur Anzeige gebracht würde. Ich hätte alles verloren. Alles. Ich hätte nie wieder irgendwo eine Anstellung gefunden.«

»Er hat Ihnen keine Wahl gelassen«, fasste Rieke zusammen.

Frahm blieb mitten im Raum stehen und ließ seine Arme sinken. »Er hätte mich nie wieder in Ruhe gelassen. Nie wieder. Also bin ich in der letzten Nacht noch einmal durch den Hintereingang des Strandhotels raus und bin zum Ostende zurückgelaufen. Jacobsen habe ich erzählt, dass ich irgendwo im Sand mein Handy verloren hätte. In einem passenden Augenblick habe ich ihm dann seine Waffe abgenommen und ihn erschossen.«

Rieke nickte. »Sieht so aus, als bräuchten wir ein neues Protokoll.«

In dieser Sekunde durchbrach ihr Funkgerät mit einem schnarrenden Geräusch die Stille. Kolbes Hilferuf.

Für den Bruchteil einer Sekunde war Rieke Voss abgelenkt.

Diese Zeitspanne reichte Frahm aus. Er katapultierte sich aus dem Stand nach vorne, schoss auf Rieke zu und riss die Kommissarin mit sich.

Rieke schrie auf und versuchte noch im Fallen an ihre Waffe zu gelangen. Doch Frahm war schneller.

Sie spürte einen furchtbaren Ruck an ihrem Gürtelholster.

In der nächsten Sekunde tauchte Frahm über ihr auf, mit ihrer Pistole in Händen.

»Gar nicht so übel, was?«, fragte Frahm in höhnischem Ton. »Aber ich habe ja auch gewissermaßen Übung darin.«

Rieke lag auf dem Rücken, halb unter dem Stuhl begraben. Sie stemmte sich auf ihre schmerzenden Ellenbogen.

»Machen Sie keinen Unsinn, Frahm. Sie machen es nur noch schlimmer!«

»Glauben Sie?«, fragte er mit hoher Stimme. Sein Blick glitt immer wieder zur Terrassentür zurück. Noch war draußen niemand zu sehen. Aber Jasmin Jacobsen und ihr Bruder mussten jeden Moment zurückkommen.

»Vielleicht habe ich ja doch noch eine Chance«, fuhr er fort. »Wenn man Sie hier findet, erschossen mit Ihrer eigenen Waffe, noch dazu in der Wohnung, die die beiden da draußen gemietet haben … Könnte doch sein, dass Ihr Tod den Fall in einem ganz anderen Licht erstrahlen lässt, hm? Ich habe immerhin ein Alibi für den Mord an Jacobsen. Ein etwas wackliges, zugegeben. Aber immer noch besser als das von Jasmin Jacobsen und Dirk Tremper.«

Er entsicherte die Pistole und richtete sie auf die Kommissarin am Boden aus.

»Geben Sie auf, Frahm«, presste Rieke Voss hervor. Sie blickte auf das blinkende Funkgerät an ihrem Gürtel. »Ich muss den Funkspruch beantworten. Wenn ich es nicht tue, werden die anderen misstrauisch. Sie sind in ein paar Minuten hier. Sie kommen hier nicht mehr weg, Frahm.«

»Tatsächlich?«, fragte er mit erhobener Augenbraue. »Ich bin da ehrlich gesagt anderer Meinung. Ich denke, meine Chancen standen noch nie so gut. Denn, wie wir eben gehört haben, scheint Ihr Kollege in einigen Schwierigkeiten zu stecken. Ihre Kollegen haben im Moment ganz sicher Wichtigeres zu tun, als sich um Ihren fehlenden Funkspruch zu kümmern.«

Womit er recht hat, dachte Rieke.

Sascha Frahm legte den Kopf schief und schob seine Unterlippe leicht nach vorne. »Du bist 'n verdammt hübsches Ding. Ein Jammer, dass ich das hier tun muss. Aber du lässt mir ja keine andere Wahl.« Er streckte seinen Arm, bis er eine gerade Linie bildete.

Auch Riekes rechter Arm schoss nach vorn. Sie wedelte in einer verzweifelten Geste mit ihrer Hand. So vieles schoss ihr in diesen Sekunden durch den Kopf. Ihr Sohn Noah, fünfzehn Jahre alt. Er würde bei seiner Großtante aufwachsen müssen, bis er alt genug war ...

Frahms Zeigefinger krümmte sich um den Abzug der Waffe. Gleichzeitig verhärteten sich die Gesichtszüge des Zollbeamten, wurden grausam und entschlossen.

Rieke wollte schreien. Da explodierte direkt hinter Frahm die Scheibe der Terrassentür. Ein lauter Knall, ein Scherbenregen aus scharfen Splittern, der sich über den gesamten Fußboden verteilte.

Frahm zuckte zusammen, war für einen Sekundenbruchteil abgelenkt.

Rieke Voss reagierte. Sie trat den schweren Stuhl mit dem rechten Fuß von sich und schleuderte ihn ihrem Gegner in den Unterleib. Gleichzeitig rollte sie sich zur Seite.

Keinen Augenblick zu früh, denn genau in diesem Moment löste sich ein Schuss aus der Pistole. Eine Kugel zischte an der Kommissarin vorbei und riss einige lange Splitter aus dem Schrank hinter ihr.

Rieke rollte sich über die Schulter ab und kam sofort wieder auf die Füße.

Frahm vollführte eine halbe Körperdrehung und versuchte, ihr mit dem Lauf der Waffe in seiner Hand zu folgen.

Von hinten, durch die geborstene Terrassentür, jagte ein Schatten heran, auf Frahm zu.

Der Zollbeamte wollte herumwirbeln, als er die neue Gefahr bemerkte, war jedoch dieses Mal nicht schnell genug.

Die Wucht des Aufpralls riss ihn von den Füßen.

Rieke stürmte auf ihn zu und erkannte im gleichen Augenblick Enno Dietz, der halb über Frahm lag und verzweifelt versuchte, die Pistole zu fassen zu bekommen.

Rieke kam ihrem jungen Kollegen zu Hilfe. Sie trat Frahm kurzerhand auf die Finger.

Der Mann schrie vor Schmerz auf. In der nächsten Sekunde hatte die Kommissarin ihre Pistole wieder.

Sie beugte sich zu den Kämpfenden herunter, packte Frahm bei den Schultern und riss ihn mit Ennos Hilfe in die Höhe.

»Das war's, mein Junge«, keuchte sie. »Das war's jetzt endgültig für dich!«

Kapitel 26

»Mann, Mann, Mann!«

Gesa Brockmann fasste sich an die Stirn und warf eine ihrer Migränetabletten in ein hohes Glas Wasser.

Sie saßen kurz nach dreiundzwanzig Uhr und damit exakt fünf Stunden zu spät für die Dienstbesprechung zu viert im Büro der Chefin, starrten für einen Augenblick auf die sprudelnden Blasen und lauschten wie gebannt dem zischenden Geräusch. Was für eine willkommene Abwechslung.

»Das mit der Abstimmung untereinander müssen wir nochmal üben«, sagte Gesa Brockmann. Sie saß hinter ihrem Schreibtisch, die Ellenbogen auf der mit Papieren überfüllten Platte abgestützt und nun beide Hände benutzend, um ihre pochenden Schläfen zu massieren. »Wenn Sie beide so weitermachen, gebe ich Ihnen keine vier Wochen mehr auf dieser Insel. Aber wer weiß ... vielleicht haben Sie es ja auch darauf angelegt, sich frühzeitig aus diesem Leben zu verabschieden. Für den Fall habe ich hier etwas für Sie.«

Gesa Brockmann schob Kolbe und Voss einen gefalteten Hochglanzflyer über den Tisch.

»Das hat mir mein Ex-Mann heute mit der Post geschickt. Ist von der Firma *Bestattungen Jahn – Ihr Ansprechpartner für eine würdevolle letzte Ruhe*. Mein Ex wollte tatsächlich von mir wissen, welches Grabgesteck er für seine Mutter nehmen soll. Vielleicht ist ja auch für Sie beide was Passendes dabei.«

Während Enno Dietz mit hochrotem Kopf zu Boden starrte, warfen sich Kolbe und Voss, denen das zweifelhafte Angebot gegolten hatte, einen kurzen Blick zu.

»Okay, Sie sind sauer«, wagte der Kommissar einen Vorstoß.

»Das kann ich verstehen. Allerdings hatten wir es auch mit zwei sehr außergewöhnlichen Situationen zu tun.«

»Und das gleichzeitig«, pflichtete Rieke Voss bei. Sie hob kurz die Arme an. »Ich meine ... wie wahrscheinlich ist das bitte?«

Die Chefin gab einen stöhnenden Laut von sich. Sie blickte sehnsüchtig auf die Tablette, von der jetzt nur noch ein kleiner Rest übrig war, der aufgeregt auf der Wasseroberfläche ihres Glases tanzte.

»Bedanken Sie sich bei meinem Schädel, dass Sie heute von Schlimmerem verschont bleiben, und freuen Sie sich bei der Gelegenheit schon mal auf morgen.«

Gesa Brockmann nahm ihre Hände herunter. Ihre Finger trippelten ein paar Sekunden auf der Schreibtischplatte herum. Dann schnellte ihre rechte Hand vor und packte das Glas mit der aufgelösten Tablette. Die Chefin setzte es an ihre Lippen und trank es in nur zwei Zügen bis auf den Rest aus. »Mein Schlummertrunk«, sagte sie, als sie das Glas absetzte. Sie sah ihre Mitarbeiter der Reihe nach an.

»Alles in allem«, fasste sie mit gedämpfter Stimme zusammen, »haben wir heute einen guten Job gemacht.« Sie hob ihre linke Hand und streckte nacheinander ihre Finger aus, als sie zu zählen begann. »Zwei Drogendealer, die sich offenbar auch noch als Auftragskiller verdingt haben, wurden unschädlich gemacht und dazu über acht Kilogramm Heroin sichergestellt. Frauke Ritter, Baldo Vreede, Tjark Rademacher und Guido Hillmann befinden sich auf dem Festland in Polizeigewahrsam. Harders hat der Rettungshubschrauber geholt. Ob er die Nacht überlebt, ist ungewiss. Dazu ein geständiger und überführter Mörder. Das ist für einen Tag nun wirklich nicht übel.« Gesa Brockmann hob die Hände hoch. »Fassen Sie das ja nicht als Lob auf. Ich bin alles andere als glücklich darüber, wie das alles gelaufen ist. Darüber werden wir morgen sprechen.« Sie wandte den Blick zu ihrem jüngsten Mitarbeiter. »Das war großartig von dir, Enno. Sehr gute Arbeit. Mir war zwar alles andere als wohl dabei, allein zu Ritters Haus zu fahren, aber … immerhin ist alles gut gegangen.«

Kolbe wandte den Kopf in Ennos Richtung. »Woher wussten Sie eigentlich, dass sich Frau Voss in Gefahr befinden könnte?«

Enno wurde rot, blickte kurz zu Boden. »Ich habe ja die Telefonate mit angehört.« Er bekam hektische Flecken und wurde fahrig. »Nicht, dass ich gelauscht hätte, aber die Tür zu Ihrem Büro war offen. Naja, und da habe ich eins und eins zusammengezählt. Und als Frau Voss … Rieke … sich nicht auf den Funkspruch hin gemeldet hat, ahnte ich, dass etwas schiefgelaufen sein musste. Zum Glück liegt das Apartmenthotel ja ganz in der Nähe der Dienststelle.«

»Ja, zum Glück«, sagte Gesa Brockmann leise. »Ich mag mir gar nicht ausmalen, was … naja, ist ja jetzt auch egal.« Sie raffte einige Unterlagen und lose Blätter vom Schreibtisch zusammen und schob den Stoß in einen Papphefter.

»Um den ganzen leidigen Rest kümmern wir uns morgen. Wir müssen irgendwie noch viertausend DVD-Player an den Mann bringen.«

»Blu-Ray-Player eigentlich«, sagte Kolbe leise.

Gesa Brockmann hob den Kopf und starrte ihren Kommissar wortlos an.

Kolbe hob beschwichtigend die Hände. »Schon gut, ich hab nichts gesagt. Oder haben Sie was gehört, Frau Voss?«

»Ich hab gar nicht zugehört«, antwortete Rieke.

Gesa Brockmanns Blick wanderte zwischen den beiden Inselkommissaren hin und her. »Daran sollten Sie auch arbeiten. Irgendwie. So! Besprechung aufgelöst, alles Weitere morgen. Ich muss schlafen. Wenn denn dieses verdammte Zeug hilft. Moin zusammen!«

Wenige Minuten später war die Dienststelle dunkel. Kolbe würde die Rufbereitschaft von zu Hause aus übernehmen.

Gesa Brockmann war die Erste gewesen, die davongeradelt war.

»Wo kommen Sie eigentlich für die Nacht unter?«, fragte Kolbe in Riekes Richtung. »Die letzte Fähre ist ja längst weg.«

Rieke blickte ihren Kollegen an. »Keine Sorge, für meine Unterkunft ist gesorgt.« Ihr Kopf drehte sich in Ennos Richtung, der daraufhin beschämt zur Straße hinübersah, als wenn es dort etwas zu sehen gegeben hätte.

»Meine Mutter hat noch ein unbenutztes Gästezimmer«, erklärte er schließlich.

»Tja, dann ist ja wohl alles klar«, sagte Kolbe.

»Ich denke auch«, gab Rieke gut gelaunt zurück. »Gute Nacht, Kolbe. Bis morgen.« Sie gab Enno Dietz einen kameradschaftlichen Stoß in die Rippen. »Lust auf ein kleines Rennen? Die Straße gehört uns.«

Kolbe hob die Hand zum Gruß und blickte den beiden hinterher, bis ihre Lichter in der Dunkelheit verschwunden waren.

Erst dann machte auch er sich auf den Weg. Der Wind strich durch sein Haar. Die Luft hatte sich angenehm abgekühlt. Hier und da waren noch Lichter zu sehen. Sogar einige späte Spaziergänger waren noch unterwegs. Kolbe hoffte, dass Rieke und Enno genauso umsichtig unterwegs waren.

Er erreichte das Haus im Polderweg zwölf nur ein paar Minuten später. Kolbe brachte sein Rad in den Schuppen und nestelte seinen Hausschlüssel hervor, als er sich auf dem Weg zur Tür befand.

Irgendwo im Haus brannte noch Licht, aber das war um diese Zeit nichts Ungewöhnliches. Im Grunde genommen sogar zu keiner Zeit, wenn er es recht überlegte.

Er öffnete die Tür und tauchte in den dämmrigen Flur. Durch das Glasfenster der Küchentür drang ein heller Schein.

Frau Franzen saß offenbar in der Küche. Ausnahmsweise roch es nicht nach Tee, sondern nach frisch gebrühtem Kaffee.

Ein seltsames Verlangen machte sich in Kolbes Magen breit.

Etwas jedoch schreckte ihn ab. Da war schon wieder eine Männerstimme. Ob es dieselbe wie zuletzt war, konnte er nicht mit Bestimmtheit sagen. Irgendwie allerdings fühlte er sich bei dem Klang dieser Stimme elektrisiert. So als ob …

Langsam näherte er sich der Tür. Er hörte das Geräusch einer Kaffeetasse, die zurück auf den Unterteller gestellt wurde.

Bente Franzen unterhielt sich mit jemandem. Sollte er stören? Sie mussten doch das Geräusch der Haustür und sein Schlüsselklirren gehört haben …

Wenigstens gab es diesmal keine Fluchtversuche, dachte Kolbe. Entschlossen setzte er einen Fuß vor den anderen und klopfte leise an die angelehnte Tür, bevor er sie weit genug öffnete, um in die Küche zu blicken.

Bente Franzen sah ihn vergnügt an. »Da sind Sie ja endlich. Wir warten hier schon seit einer halben Ewigkeit auf Sie.«

Der grauhaarige Mann gegenüber drehte seinen Kopf in Richtung Tür.

»Hallo Gerret«, sagte er lächelnd.

Kolbe erstarrte, blieb reglos auf der Schwelle stehen. Er hatte alles erwartet, jeden erwartet, nicht jedoch diesen Mann. Kolbe wusste nicht, was er sagen sollte.

Also sagte er: »Guten Abend … Vater!«

- E N D E -

Ostfrieslandkrimi-Empfehlungen
des Klarant Verlages

Kennen Sie auch schon Band 1 der Ostfrieslandkrimi-Serie »Die Inselkommissare« von **Marc Freund**?

Ihren Dienst auf Langeoog beginnen die Inselkommissare Gerret Kolbe und Rieke Voss am gleichen Tag – und bekommen sich erstmal gewaltig in die Haare!
  Doch sie raufen sich zusammen. Gerret Kolbe, der erfahrene Ermittler aus der Großstadt, der auf die vermeintlich friedliche ostfriesische Insel versetzt wird. In seine alte Heimat, die er aber schon als kleines Kind verlassen hat. Und Rieke Voss, die waschechte Ostfriesin und frischgebackene Kommissarin aus Wittmund.
  Gemeinsam lösen Kolbe & Voss spannende Mordfälle auf Langeoog und im unmittelbaren Umfeld der Nordseeinsel.

In der Serie sind bereits folgende Ostfrieslandkrimis erschienen:

»Langeooger Schampus«, Band 1
Taschenbuch-ISBN: 978-3-96586-243-2
eBook-ISBN: 978-3-96586-244-9

Die neuen Langeooger Inselkommissare Gerret Kolbe und Rieke Voss haben ihren ersten grausigen Mordfall zu lösen. Die Spur führt zu ausschweifenden Partys auf der ostfriesischen Insel, bei denen der Schampus in Strömen fließt …
  Doch zunächst beginnt der Fall mit einer Vermisstenmeldung: Kurz vor der geplanten Abreise stellt der Langeoog-Urlauber Hajo Scholten schockiert fest, dass seine Frau Marianne und der zehnjährige Sohn Marten plötzlich spurlos verschwunden sind. Die handschriftliche Notiz »Es tut mir leid« ist alles, was ihm bleibt.

Die Kommissare Gerret Kolbe und Rieke Voss sind sich schnell sicher, dass etwas Furchtbares geschehen sein muss. Und tatsächlich lässt ein Leichenfund nicht lange auf sich warten. Die Ermittlungen führen zu einem geheimnisvollen Waldhaus. Offenbar nahm Marianne Scholten hier abends an dekadenten Partys teil, bei denen die attraktive junge Frau sich nur »Mary Ann« nannte. Hat einer der Partygäste im Champagner-Rausch die Kontrolle verloren? Oder steckt in Wirklichkeit etwas ganz anderes dahinter? Auch Hajo Scholten selbst macht sich nämlich durch widersprüchliche Angaben verdächtig. Irgendetwas ist auf der idyllischen Nordseeinsel völlig aus dem Ruder gelaufen …

»Langeooger Gier«, Band 2
Taschenbuch-ISBN: 978-3-96586-271-5
eBook-ISBN: 978-3-96586-272-2

Klarant Verlag

Lernen Sie die Ostfrieslandkrimi-Titel des Klarant Verlages kennen und besuchen Sie uns im Internet unter:

www.ostfrieslandkrimi.de

und

www.klarant.de

Sie können dort Näheres über unsere Autoren erfahren, viele weitere interessante Bücher und eBooks finden und Leseproben herunterladen. Mit dem kostenlosen Newsletter erhalten Sie aktuelle Informationen rund um das Verlags-programm, wie beispielsweise spannende Neuerscheinungen und Gewinnspiele.